歸來詩草

何劲松 著

人民东方出版传媒
東方出版社

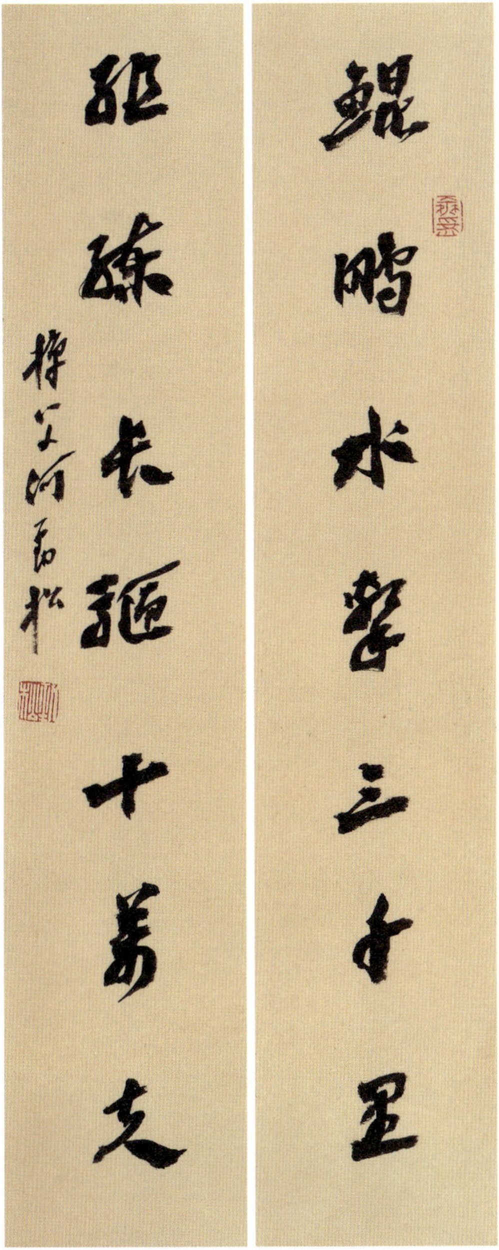
鲲鹏水击三千里
组练长驱十万夫

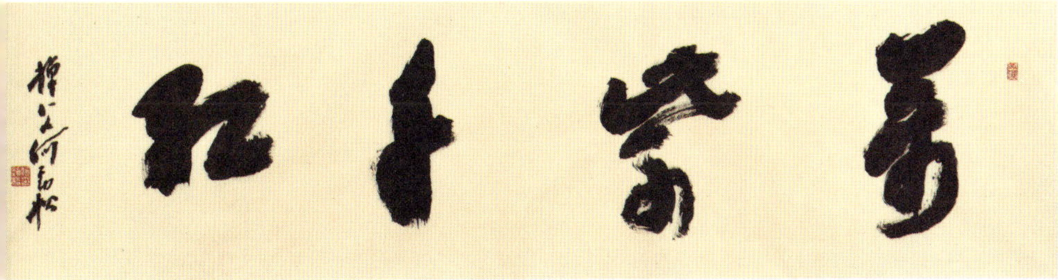

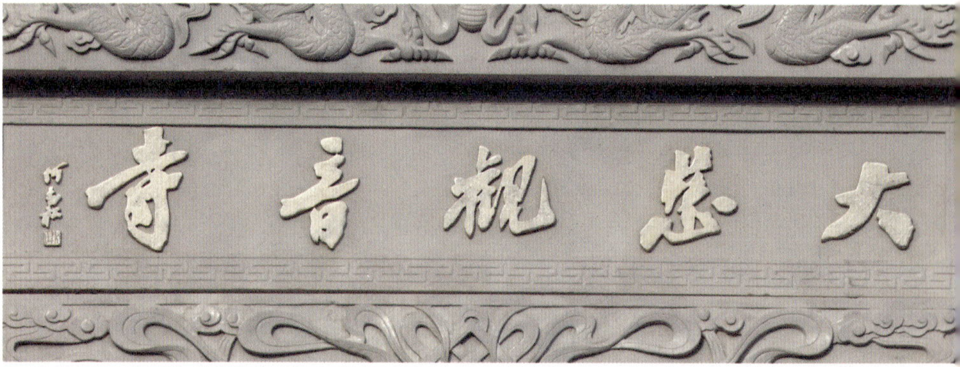
大慈觀音寺

大雄寶殿

梅花小景
三千年

序　言

劲松先生《归来诗草》编成，命我写几句。我近年来主要研究当代美学，兼教和译西方美学。关于中国古代的诗论和画论，过去虽然写过文章，但久已荒疏。提笔困难，故本文拖延很久，让出版社久等，也深负劲松先生。这期间带着诗稿去美国，去塞尔维亚。又几次带着往来于北京和深圳之间。在飞机上，在空余时间里，将诗稿拿出来反复看，找感觉。很难写好，但还是要表明我是努力的。

我和劲松先生是老朋友了。最近几年在一道编《佛教美学典藏》，常聚会。由此来评这本诗集，一个突出的感觉是：诗如其人。这部诗集，是劲松先生的人生态度、追求和趣味的表现。诗中透露的是中国古代文人的风范。

在这些诗中，有很多是写他所居住的西山，对这个地方充满着深情。诗人日则“香峰北侧暂结庐，举步阴晴众壑殊”，夜则“不负西山好月色，迎风策杖白云边”，春日“闻香尤喜雪残存”，秋日“袅袅金风伴旭日，翩翩黄叶下林皋”。在此处可养花，“日嗅清香三万缕，兰花如我我如兰”；此处可作画，“放心弥天地，游目骋古今。何必颜色似，所愿在风神”；此处更可读书，“欲修安心法，枯坐如湿灰”，“年来有意学鞭羊，时与道人论《放光》”。王国维先生说过，一切景语皆情语。诗人写道：“尝闻地偏因心远，我谓心闲便是桃花源”。在所有的人似乎都在忙忙碌碌的今天，有这么一份心情，殊为难得。这个心情，就是庄子所说的“游心”。劲松先生将自己的书斋命名为“游心斋”，即出于此。

既有“心游”，必有“身游”。劲松先生的诗情世界，从西山扩大到全国各地。在诗稿中，他写巢湖的云水湾：“烟波湖上渺难寻，雾里神仙思比邻”；写苏州的狮子林：“湖石叠作玲珑山，穿洞过桥似行禅”；登天目山，他想到：“天目登临天目开，从今慧眼观十界”；访庐山，得句：“境界现前只自知，白云无意青山寿”；访王冕旧居，追慕不已，借明月从金农一直溯源王冕：“九里山头一片月，相逢尽道是前身”；访八大山人纪念馆，问道：“丹青直入如来地，前世画僧今是谁？”他很少纯然写景，总是把自己的观景机缘、所思所想，融入景色之中。

更为特别的是，他常写忆景。当他回忆起昔日的大理之行时，写道：“绝胜还期旧地游，好持画笔写山色。”尝与友人游宿普陀山，后作画每每有潮声在耳：“洛迦山岛夜听涛，楮墨至今留海潮。”经襄阳时，想到：“隆中若有闲田地，我欲效颦散淡人。”赴杭州，想起昔曾有富春江一游，得句：“清兴才思谢太守，梦魂已到越溪山。”

劲松先生在诗中，还向我们透露了三十年前的私人秘密：“当年舞场见倾城，弧步旋成小乾坤。借问未名湖畔月，何为万种之风情？”这位舞者后来怎样了呢？劲松先生写道，家居时，

“磨墨雪儿能解律，持家灶妇善调烹”，磨墨调烹之余，饮茶餐花，“只恐春深花老去，分君一朵待酥煎”。

当代美学界有一个潮流，谓“日常生活审美化”。这是一个现代的学术命题，但有学者指出，中国古人就有这种追求。他们不但审美，而且践行美，通过诗书画，将日常生活诗情化。

在这种日常生活诗情化的背后，是一种生活态度。用劲松先生的诗来说，是：“红尘浪里已抽身，归去长随岭上去。此处香山多胜友，苍髯白甲葛天民。”回到一种如梦的过去，追随一种素朴的生活。这是劲松先生诗意所托，也给我们指示了一种现代生活的理想。

高建平

2019 年 9 月 5 日

（注：高建平，中国社会科学院研究员，中华美学学会会长）

目　录

访司空山二祖寺[1]

（2015年9月4日）

教外传心果不同[2]，

闻师此地卓孤筇[3]。

何须更觅安心法[4]，

才到司空便四空[5]。

---

① 2015年9月4日，章舒兄驾车陪我游岳西司空山。沿途多处施工，车行极缓，至二祖寺时已近黄昏。当晚宿城中温泉酒店。次日取道舒城回合肥。司空山：又名司空原，位于岳西县城西南70公里冶溪镇、店前镇两镇境内。相传战国时期有位淳于氏，官居司空，一生为官清正，后隐居此山，故名。

② 《五灯会元》：“世尊曰：‘吾有正法眼藏，涅槃妙心，实相无相，微妙法门，不立文字，教外别传，付嘱摩诃迦叶。’”

③ 慧可（487~593）：又名僧可，俗姓姬，洛阳虎牢（今河南省荥阳市西北）人，禅宗二祖。据《续高僧传》卷一六、《传法宝记》《楞伽师资记》等载，少业儒，博览群书，通达老庄易学。出家以后精研三藏内典。约四十岁时遇天竺沙门达摩在嵩洛一带游化，即礼为师，得传衣钵，成为禅宗代表性人物之一。据《历代法宝记》载，慧可受达摩咐嘱后，四十年隐居皖公山（在今安徽省潜山市境内）及相、洛二州；付法与僧粲后，入司空山隐遁。

④ 道原《景德传灯录》卷三：“光（慧可）曰：‘我心未宁，乞师与安。’师（达摩）曰：‘将心来与汝安。’曰：‘觅心了不可得。’师曰：‘我与汝安心竟。’”

⑤ 四空：四大皆空。

山 居

（2015 年 10 月 17 日）

闲居香山，舞墨弄文。

偶有心得，喜不自胜。

蔬果满架，鸡犬相闻。

妻儿依偎，半读半耕。

春风徐徐，夏木阴阴。

秋月孤朗，冬雪无垠。

世人应知，此福曰清。

问予何求，乐道安贫。

述　怀

（2015 年 10 月 18 日）

半百方才了寸心，
终将来日寄丹青。
砚田堪种人间乐，
笔管横生世外情。
朝露昙花参妙有[①]，
雪泥鸿爪见非真[②]。
山中明月无今古，
且伴庄周梦古今[③]。

---

① 朝露：清晨的露珠。昙花：大约晚间六七点徐徐开启，十点左右完全盛开，花期在夜间。朝露与昙花只交替，无相交，故近在咫尺，却远如天涯。《搜神记》："朝露昙花，咫尺天涯，人道是黄河十曲，毕竟东流去。"

② 苏轼《和子由渑池怀旧》："人生到处知何似，恰似飞鸿踏雪泥；泥上偶然留指爪，鸿飞那复计东西。"

③ 余喜读《庄子》，尤喜庄周梦蝶之寓言。

寄茂生兄

（2015 年 10 月 18 日）

当年曾弃笔从戎[①]，

决战两山泣鬼雄[②]。

自古书生能陷阵，

纶巾羽扇建奇功。[③]

---

① 茂生兄和我曾先后就读于同一学校，毕业后分配至云南前线参战。

② 两山：云南的老山和者阴山，1984 年中国和越南曾在此展开过激战。

③ 纶巾：古代用青丝带做的头巾，又名诸葛巾，为古人扎头的常用装饰。羽扇：用鸟羽制成的扇子。《太平御览》卷七〇二引晋裴启《语林》：" 诸葛武侯与宣王在渭滨将战，武侯乘素舆，葛巾，白羽扇，指挥三军。"后以"羽扇纶巾"形容大将指挥若定，潇洒从容。宋苏轼《念奴娇 · 赤壁怀古》："遥想公瑾当年，小乔初嫁了，雄姿英发。羽扇纶巾，谈笑间，樯橹灰飞烟灭。"

听人谈创新有感

（2015 年 10 月 25 日）

画道从来重写心，

但凭修养转深沉。

胸无点墨何足论，

竖子动辄语创新。

观樊园盆景[1]

(2015 年 10 月 27 日)

神工运鬼斧，

匠心出别裁。

一盆一世界，

盆盆皆如来。

① 樊顺利先生乃当世园艺大师，业内翘楚。樊园凡三百亩，佳植无数，美不胜收。顺利贤棣知余爱梅、赏梅、画梅，并以此作参禅悟道之阶，遂惠余以两株珍藏多年之老梅。余亦欣然接受，准备植于园中最佳处，以便日日作画时隔窗相望，岂非一大快事！待来年花开之时，当奉邀顺利贤棣携各位好友花下一酌，不知尊意如何？

示国侠

（2015 年 10 月 28 日）

墨海不分西与东，
心香一缕寄飘蓬。
如山退笔成新塚，
却喜印红映唇红。

百丈岩[①]

（2015 年 10 月 30 日）

紧过石铺慢过桥[②]，

三千云水且逍遥[③]。

奇峰到处皆画稿，

百代尚思步石涛[④]。

---

① 百丈岩瀑布地处大别山腹地安莱山，在舒城、桐城、潜山三县市交界处，距省城合肥 110 公里，处于万佛湖旅游风景区和天柱山旅游风景区的连线地带，被旅游专家确认为华东地区最大的瀑布。

② 此句为吾乡民谚，意为过河时，恐石铺不稳须快步迈过；而过桥时，需防桥身已朽，故需试探着往前走。

③ 云水：指修行者的行脚、参学，行无定所有若云水。三千：佛教所说的三千大千世界。

④ 清石涛有“搜尽奇峰打草稿”一语，为后世所称道。

再赋百丈岩

（2015 年 10 月 30 日）

直欲攀岩如鹞鹰，

恨无奇翼掠浮云。

危哉百丈高缥缈，

或恐上头是紫清[1]。

① 紫清：指天上，亦指神仙居所。唐李白《春日行》："深宫高楼入紫清，金作蛟龙盘绣楹。"

题月舟双棹习作

（2015年11月7日）

艺海随心不系舟，
棹歌戴月泛中流。
丹青也是禅家事，
人物江山笔底收。

忆两山作战[1]

（2015 年 11 月 7 日）

大战方兴草木凋，
血浓正好染征袍。
但凭意气轻生死，
戎马关山走一遭。

① 前天世兴兄来京看我，在画室喝茶，每每谈及昆明旧事。今晨起，独步园中，忽忆老山、者阴山两山作战，成此数语。

题黄山客所摄黄山风景[①]

（2015 年 11 月 9 日）

天地大美，

黄山绝伦。

劳君慧眼，

写真传神。

---

① 日前返乡，遇摄影家黄山客，见其所摄黄山与众不同，果真为山川代言。今又示我新作，聊题数语。

游樊园，与诸君同饮并大醉[①]

（2015 年 11 月 14 日）

一见果然胜百闻，
樊兄豪气直干云。
满园异卉添春色，
更有奇珍捧示人。
盆艺王国君做主，
丹青天地我独行。
呼童置酒期同醉，
铁盖茅台待上宾。

① 得章舒兄引荐，余去岁初识园艺大师樊顺利贤棣。游樊园，赏盆景，谈艺论道，其乐融融。兴之所至，顺利每每以珍藏多年之古代紫砂花盆相示，余得一饱眼福。顺利为人率真，乃性情中人，于盆艺领域颇为自负，余于绘事亦喜特立独行，故情意相投，有相见恨晚之感。中午时分，顺利强留用餐，并以铁盖茅台相待。觥筹交错，宾主皆大醉。

安徽高速道上作[①]

（2015 年 11 月 15 日）

安徽高速人为本，
笑靥如花相送迎。
借问周公何所旨？
谓予重道且笃行。

① 车行安徽高速道上，见全程微笑服务，令行者如沐春风。又闻高速集团以“重道笃行”为宗旨，让人顿生敬佩。

齐云山纪行三首[①]

（2015年11月29日）

其　一

不羡金丹不慕财[②]，

此行只为画山来。

齐云丹壁浮云外[③]，

一线玄关鬼斧开[④]。

泉涌珍珠接远碧，

地蒸紫气上瑶台。

月华冉冉照仙府，

白岳果然胜蓬莱。

---

① 上周末与章舒兄、礼长兄、严老师一起结伴同游，了多年心愿。壮游名山，人生一乐，成诗三首，愧不能为山川代言！齐云山位于安徽省黄山市休宁县城西约15公里处，是一处以道教文化和丹霞地貌为特色的国家重点风景名胜区。

② 金丹：中国古代炼丹术名词，有外丹和内丹之分。外丹是用丹砂（红色硫化汞）与铅、硫黄等原料烧炼而成的黄色药物（还丹），其成品叫金丹 。道教认为服食以后可以使人成仙、长生不老。

③ 齐云山乃丹霞地貌，故崖壁多呈红色。

④ 一线玄关：景区里的一线天。

其　二

辟谷餐霞习静来[①]，
此身长恨久尘埃。
烧丹道士今犹在，
教我婴儿之未孩[②]。

其　三

丹崖杂沓锁流云，
古木参差百态生。
故鸟旁飞相问讯，
前身可是坐禅僧？

---

① 辟谷：源自道家养生中的“不食五谷”，是古人常用的一种养生方式。它源于先秦，流行于唐朝，又称“却谷”“去谷”“绝谷”“绝粒”“却粒”“休粮”等。《庄子·逍遥游》：“藐姑射之山，有神人居焉。肌肤若冰雪，淖约若处子，不食五谷，吸风饮露，乘云气，御飞龙，而游乎四海之外”。餐霞：餐食朝霞，指修仙学道。《汉书·司马相如传（下）》：“呼吸沆瀣兮餐朝霞”。

② 婴儿之未孩：《老子》第二十章，“众人熙熙，如享太牢，如春登台；我独泊兮其未兆，如婴儿之未孩”。《说文》认为“孩”同“咳”，“小儿笑也”。

路见安徽名人馆有感[①]

（2015 年 12 月 3 日）

但开风气皖人乎？

武烈文韬入画图。

天纵奇才星汉列，

地兼南北物华殊。

轴心时代颂庄老[②]，

后世英雄敌万夫。

我亦沉吟接上古，

低回婉转意长抒。

---

① 车行合肥街上，偶见“安徽名人馆”招牌，不禁联想到有巢氏、姜子牙、老子、庄子、曹操、包拯、朱元璋、李鸿章、陈独秀等在安徽历史上留下过重要足迹的历史人物，并心生敬慕之情。

② 德国哲学家雅斯贝尔斯在 1949 年出版的《历史的起源与目标》中提出著名的“轴心时代”说，认为公元前 800 至公元前 200 年之间，尤其是公元前 600 至前 300 年间，是人类文明的“轴心时代”。在轴心时代里，各个文明都出现了伟大的精神导师——古希腊有苏格拉底、柏拉图、亚里士多德，以色列有犹太教的先知们，古印度有释迦牟尼，中国有孔子、老子……他们提出的思想原则塑造了不同的文化传统，也一直影响着人类的生活。虽然各个文明之间有千山万水的阻隔，但它们却有很多相通的地方。

紫蓬山西庐寺访界心法师①

（2015 年 12 月 5 日）

九朵莲华开道场，
一团紫气绕庐阳。
蓬山已在红尘外，
法雨禅风接汉唐。

① 西庐寺：位于安徽省合肥市紫蓬山风景区内，有“九朵莲花开佛国、五龙簇珠紫蓬山”之美誉。三国时期，李典于山顶建庙祭祀其七世祖汉代名将李陵，故西庐寺又称“李陵庙”。因寺地处古庐州府（今合肥市）西南，所以至李唐年间皇家赐名“西庐寺”。此后，因战乱屡经兴废。2005 年 10 月界心法师履新住持，坚持“以文化弘扬佛法、以教育培养僧才，以慈善福利社会、以修行净化人心”，使西庐寺呈现出新的面貌。

谢曹聪留喝祁门红茶[1]

（2015年12月8日）

曹聪待我茶中珍，

一问果然出祁门。

饮罢轻车登绝顶，

齐云山上心凌云。

① 日前与章舒兄、礼长兄、严老师一起同游道教圣地齐云山。临别黄山国际饭店时，餐饮部经理曹聪留我等喝祁门红茶。饮罢，驱车登山，直上绝顶，脚下生风，身轻如燕，似有神助。此行心情大畅，成诗三首，今日想来，不无曹聪之功。

泾县宣纸博物馆杂咏三首[①]

（2015 年 12 月 12 日）

其　一

澄心古法益求精[②]，

累月经年始制成。

百道犹嫌工序少[③]，

水寒火热长苦辛[④]。

其　二

墨妙笔精神已旺，

净皮玉版助颠狂[⑤]。

---

① 2015 年 12 月 6 日至安徽泾县出席宣纸博物馆开馆仪式。宣纸对于中国书画功莫大焉，其相关文化值得展示弘扬。

② 澄心：澄心堂纸，是南唐文房四宝之一，以肤卵如膜，坚洁如玉，细薄光润著称。据《徽州府志》记载：黟歙间多良纸，有凝霜、澄心之号，后者长达 50 尺为幅，自首至尾匀薄如一。早在南唐，李后主就极力推崇，并建堂藏之，取名为“澄心堂纸”。

③ 宣纸以青檀皮为主料，按比例配入沙田稻草浆，整个生产过程由 140 多道工序组成。

④ 余见工人冬天在池中捞纸浆，水寒刺骨。纸成形后上墙烘烤，又如炎炎夏日。

⑤ 棉料、净皮、特净皮都是生宣纸。棉料含 20% －30% 的青檀皮，净皮含 50% －60% 的青檀皮，特净皮含 80% 左右的青檀皮。黄料是宣纸没有漂白呈本色的宣纸，玉版通常指半生半熟的宣纸。

但凭五彩开新境①，

更享千秋纸寿长。

其　三

宣城有素笺，

稻草杂青檀。

洁净已如玉，

细薄更似烟。

墨发呈五彩，

世寿过千年。

蔡老孤明后，

临溪忆孔丹②。

---

① 五彩：即“五色”，中国画有“墨分五色”之说。所谓墨分五色，是指以水调节墨色多层次的浓淡干湿。唐张彦远《历代名画记》：“运墨而五色具。”“五色”说法不一，或指焦、浓、重、淡、清，或指浓、淡、干、湿、黑，也有加“白”，合称“六彩”。实际乃指墨色运用上的丰富变化。

② 宣纸的原产地是安徽泾县。关于宣纸的起源，民间一直流传着一个传说。东汉安帝建光元年（121 年）发明造纸技术的蔡伦离世后，其弟子孔丹在皖南继续以造纸为业。一天，孔丹看见一棵老青檀树倒在溪边，由于终年日晒水洗，树皮已腐烂变白，露出一缕缕修长洁净的纤维，孔丹取之造纸，经过反复试验，终于造出一种质地绝妙的纸来，这便是后来有名的宣纸。

游牯牛降，与牛互答[1]

（2015 年 12 月 19 日）

儿时羡慕放牛郎，
短笛横吹牛背上。
任运自然两不妨，
牛儿吃草我歌唱[2]。
即今乘兴入祁门，
又见牯牛自天降。
世故未通常较真，
神牛笑我亦强项。

① 牯牛降风景区位于祁门与石台两县交界处，与黄山、清凉峰一起并称皖南三大高山。主峰海拔 1727.6 米，以雄、奇、险著称，因山形酷似牯牛从天而降，故得名。本月 8 日至 9 日，余携章舒兄、蔡女士游祁门，并冒雨至牯牛降写生。风雨交集，云雾升腾，令人神游物外。

② 余幼时家贫，衣食无着，然乡村生活亦有可取者。余最喜之事，一是下河捉鱼，一是执鞭放牛。后读前贤《牧牛图颂》，甚觉亲切。

兄随老子叩函关，

西涉流沙应无恙[1]？

前世同为道中人，

佛旁我乃一白象[2]。

① 刘向《列仙传》记老子出关："后周德衰，乃乘青牛车去，入大秦。过西关，关令尹喜待而迎之，知真人也。乃强使著书，作《道德经》上下二卷。"又云："老子西游，关令尹喜望见有紫气浮关，而老子果乘青牛而过也。"

② 《摩诃止观》卷二："言六牙白象者，是菩萨无漏六神通。牙有利用如通之捷疾。象有大力，表法身荷负；无漏无染，称之为白。"《过去现在因果经》卷一："尔时，菩萨观降胎时至，即乘六牙白象发兜率宫。无量诸天作诸伎乐，烧众名香，散天妙花，随从菩萨。"

连日雾霾，令人苦不堪言

（2015 年 12 月 22 日）

入冬频预警，

空气尽微尘。

惨淡月无色，

昏沉日不明。

群生皆困苦，

一息尚难存。

此土少清净，

奈何五蕴身[1]！

① 五蕴：佛教用语，即色、受、想、行、识，包括了人的身心全部。

冬至遇雾霾

（2015 年 12 月 23 日）

蛰居唯恐藏弗深，
欲避不及乃雾尘。
愿借劲风吹大野，
共期冬至一阳生。

元　旦

（2016 年 1 月 1 日）

已惯山居不计辰，
也无辞旧或迎新。
半张水墨酬风月，
一尺砚田思退耕。
家酿初成可待客，
禅诗才赋堪娱人。
等闲绘事付秃笔，
纸落云烟忘世情。

祁红董事长王昶留宿五福洲①

（2016年1月9日）

群山环抱五福洲，
率水低回接众流。
洲似人心怀日月，
水如玉带匝浮舟。
家禽野鹜谁分辨，
屯绿祁红自润喉。
别有洞天观世变，
青龙冈上任悠游。

① 祁门五福洲地理形势极为特别：群山环抱，洲呈“心”形；率水河绕洲一圈，入口与出口仅距百米之遥。山上泥土时常随洪水冲刷而下，故地面亦不断提升，如同浮舟。中间隆起处名青龙冈，有茶园数千亩，乃祁红原料产地。2015年12月15日，应祁红董事长王昶先生之邀至五福洲游览，黄昏时漫步冈上，时见凫鸟飞过，恍如人间仙境。

腊八[1]

（2016年1月17日）

今朝佛粥飨千家[2]，
忽忆正觉在腊八。
昨夜西风吹玉宇，
雪花堪比曼殊沙[3]。

---

① 早起，妻告余今日乃腊八，亦为佛陀成道日，遂忆昨夜雪花飘落，犹如曼殊沙花。

② 腊八节在农历十二月初八，古称“腊日”，俗称“腊八节”。据说，佛教创始人释迦牟尼的成道之日也在十二月初八，因此腊八又称“佛成道节”。《东京梦华录》记载：“是日诸大寺作浴佛会，并送七宝五味粥与门徒，谓之腊八粥。”吴自牧《梦粱录》卷六：“此月八日，寺院谓之腊八。大刹等寺俱设五味粥，名曰腊八粥。”周密《武林旧事》卷三：“八日，则寺院及人家用胡桃、松子、乳蕈、梅、栗之类作粥，谓之腊八粥。”

③ 曼殊沙：又称“曼珠沙花”。《法华经》卷一：“尔时世尊，四众围绕，供养恭敬，尊重赞叹；为诸菩萨说大乘经，名无量义教菩萨法佛所护念；佛说此经已，结跏趺坐，入于无量义处三昧，身心不动。是时乱坠天雨曼陀罗华、摩诃曼陀罗华、曼珠沙华、摩诃曼珠沙华，而散佛上，及诸大众。”

题白石老人菊酒图

（2016年1月23日）

红花朵朵已如斗，

墨叶团团更泛光。

菊酒果然能醉客，

色香出自寄萍堂[①]。

① 寄萍堂：为齐白石先生斋号。

答友人[①]

（2016年1月23日）

君不见
功成不居是不朽[②]，
世事变幻如苍狗[③]。
已拥海上清森阁[④]，
慨然长喟牛马走[⑤]。

---

① 董昭礼先生来信，告余退休之事，作此慰之。

② 《道德经》："是以圣人处无为之事，行不言之教；万物作焉而弗辞，生而弗有，为而弗恃，功成而弗居。夫唯弗居，是以不去"。

③ 苍狗：苍狗白云，比喻事物变幻无常。同"苍狗白衣"。清文康《儿女英雄传》第三十八回："春花秋月销磨尽，苍狗白云变态中，游丝万丈飘无定。"

④ 清森阁：为何良俊所建。何良俊（1506～1573）：明代戏曲理论家、藏书家。字元朗，号柘湖居士，华亭人。年轻时读书刻苦，曾闭门自学20年，与弟何良傅并为俊才。嘉靖贡生，荐授南京翰林院孔目，仕途失意，遂隐居著述，邀曲师顿仁共研戏曲音律。喜藏书，相继达4万余卷，名画百余轴。建"清森阁""望洋楼"于海上，专藏书籍、名画、金石。自诩与庄周、王维、白居易为友，遂名其书斋为"四友斋"。

⑤ 汉司马迁《报任少卿书》："太史公牛马走司马迁再拜言，少卿足下：曩者辱赐书，教以顺于接物，推贤进士为务。"唐李善注："走，犹仆也。言己为太史公掌牛马之仆，自谦之辞也。"《明史·文苑传三·何良俊》："良俊居久之，慨然叹曰：'吾有清森阁在海上，藏书四万卷，名画百签，古法帖彝鼎数十种，弃此不居，而仆仆牛马走乎？'遂移疾归。"

昔日天竺婆罗门，
人生四期堪回首[①]。
求学居家或烦神，
林栖游行真吾有。
谢却樊笼复归真[②]，
有酒在口笔在手。
人生朝露艺千秋，
欲学篆籀与蝌蚪[③]。
归去来兮胡不归[④]，
宅前尚可树五柳[⑤]。
携手聊作沧浪游，
与君同为合肥友[⑥]。

---

① 婆罗门四期说：古代婆罗门教将人生分为四个时期，即梵行期、家居期、林栖期与云游期；按照每个阶段规定的义务，致力履行祭祀、祈祷、持戒及禁欲等，以求解脱。

② 樊笼：关鸟兽的笼子。比喻受束缚而不自由的境地。晋陶渊明《归园田居》：“久在樊笼里，复得返自然。”唐韦应物《忆沣上幽居》诗：“一来当复去，犹此厌樊笼。”

③ 篆籀：篆文和籀文。晋左思《魏都赋》：“雠校篆籀，篇章毕觌。”唐韩愈《祭郴州李使君文》：“接雄词于章句，窥逸踪于篆籀。”蝌蚪：蝌蚪书，为古文字体的一种。笔画多头大尾小，形如蝌蚪，故称。

④ 晋陶渊明《归去来兮辞》：“归去来兮！田园将芜胡不归？”

⑤ 五柳：陶渊明自号“五柳先生”。《五柳先生传》：“先生不知何许人也，亦不详其姓字，宅边有五柳树，因以为号焉。”

⑥ 昭礼先生曾组织“合肥之友”，广纳天下贤士。

读宾虹宗师山水画作

（2016年1月24日）

五笔齐臻七墨张[1]，
胸存士气自混茫[2]。
江山内美听玄化，
劫火连天浴凤凰。
画祖宋元多古调，
书宗殷汉少俗肠。
晚来八万四千点，
无尽意中无尽藏[3]。

---

① 黄宾虹先生精于用笔，娴于施墨，晚年总结作画经验，提出“五笔七墨”之说。五笔：一曰平，二曰圆，三曰留，四曰重，五曰变。七墨：浓墨法，淡墨法，破墨法，泼墨法，积（有时用“渍”）墨法，焦墨法，宿墨法。

② 宾虹先生论画，特重“士夫气”。他说：“苏、米崛起，书法入画，为士夫画，始有雅格。画格当以士夫为最高，因其天资、学力、闻见、鉴别与文人不同。文人画不必天资聪敏，学力深厚，闻见广博，鉴别精审。苟能明通用笔用墨之法，即章法不稳，不至恶俗，已胜于作家之精能。故论画者以能品为下。”

③ 宾虹先生作画时喜用墨点，千点万点，铺天盖地，所用秃笔，如在纸上跳舞，圆点、扁点、尖点、梅花点、胡椒点交错使用，从而在“墨团团”里，显得分外爽朗又韵味无穷。

题黄菊

（2016 年 1 月 25 日）

郁郁黄花骨相奇，

平分秋色寄东篱。

后发才是真君子，

不避寒霜不我欺。

曹雪芹小道[1]

（2016 年 1 月 27 日）

余今卜居香山北，
景色幽绝胜前山。
上风上水古福地，
有村名曰白家疃。
西去皇城六十里，
远离红尘已无车马喧。
山高林茂多飞羽，
四时气象各万千。
绿叶只待变红叶，
百花开在雪花前。
红学专家曾告我，
芹圃老人在此施药著新篇。

---

① 曹雪芹小道：位于海淀温泉镇白家疃村。据学者考证，曹雪芹在香山居住期间，经常沿着这条山间小道从正白旗到山后的白家疃访友。《曹雪芹生平考》称，曹雪芹从乾隆二十三年（1758 年）春迁徙到白家疃，至乾隆二十八年（1763 年）除夕去世，除乾隆二十四年至二十五年（1759—1760 年）南京之行，他在白家疃生活了整整五年时间。

往事已如烟消散，
唯余雪芹小道蜿蜒崎岖直上山之颠。
山颠如焚香三炷，
曹公身影常流连。
太虚幻境久历练①，
遂如出世之老仙。
开辟鸿蒙多情种②，
风月场中泪潸潸。
终为空门收拾去，
红楼中人应作如是观。
呜呼！
真假有无总难辨，
余亦对此无间言。
得此幽居志已满，
能所双亡即安禅③。
尝闻地偏因心远，
我谓心闲便是桃花源。

---

① 太虚幻境：《红楼梦》中描述的女儿仙境，警幻仙子为司主，位于离恨天之上、灌愁海之中的放春山遣香洞，以梦境的形式向甄士隐、贾宝玉二位有缘人显现。

② 《红楼梦》第五回《红楼梦曲引子》：“开辟鸿蒙，谁为情种，都只为风月情浓。趁着这奈何天，伤怀日，寂寥时，试遣愚衷，因此上演出这怀金悼玉的红楼梦。”

③ 能所：佛学术语。通常“能”指能动一方，“所”指被动一方；“能”指主体，“所”指客体。“能”与“所”相对，犹言主客观。

题窗前竹

（2016 年 1 月 28 日）

独坐苦吟久，

孤灯星月寒。

墨君似解语[1]，

随意舞窗前。

---

① 墨君：墨竹的雅称。宋孙奕《履斋示儿编·杂记·易物名》："文与可画竹，亦名之曰墨君。"明杨慎《周五津寄锦笺并柬杨双泉》："老来无复生花梦，锦字泥缄付墨君。"

答友人垂问

（2016年1月30日）

游心斋里我何如[①]？

余勇尚能逞匹夫。

终日学书领袖皂，

穷年弄墨齿唇乌[②]。

指间神鬼听差遣，

笔底江山还太初[③]。

寄意玄元多味道[④]，

樽前醉倒蛾眉扶。

---

① 作者书斋名为“游心斋”。

② 东汉赵壹《非草书》：“夫杜、崔、张子，皆有超俗绝世之才，博学余暇，游手于斯，后世慕焉。专用为务，钻坚仰高，忘其疲劳，夕惕不息，仄不暇食。十日一笔，月数丸墨。领袖如皂，唇齿常黑。虽处众座，不遑谈戏，展指画地，以草刿壁，臂穿皮刮，指爪摧折，见鳃出血，犹不休辍。然其为字，无益于工拙，亦如效颦者之增丑，学步者之失节也。”

③ 太初：亦作“大初”，即天地未分之前的混沌元气，也指太古时期。道家则指道的本源。

④ 玄元：一指天地未分时的混沌一体之气，或泛指天宇、天空。《淮南子·本经训》：“当此之时，玄元至砀而运照。”二指道家所说的天地万物本源之道。三指老子 。唐初追号老子为“太上玄元皇帝”，简称“玄元”。味道：体会“道”。

咏嵇康四首①

(2016年1月31日)

其一

萧萧肃肃出世间②，
愿伴飞鸿游太玄③。
千载同思嵇中散，
于今犹记七不堪④。

---

① 嵇康：字叔夜，三国魏谯郡铚（今安徽省濉溪县）人，因官至曹魏中散大夫，故后世又称“嵇中散”。中国古代著名的文学家、思想家、音乐家。为魏晋时期文人团体“竹林七贤”之一，与阮籍齐名，并称“嵇阮”，同为魏末文学界与思想界的代表人物。因卷入吕安的诉讼而入狱，权臣司马昭忌惮他的言论影响力，在钟会的建议下将其处死。

② 据《世说新语》记载，嵇康身长七尺八寸，风姿特秀。见者叹曰：“萧萧肃肃，爽朗清举。”或云：“肃肃如松下风，高而徐引。”

③ 嵇康《赠秀才入军》(其十四)：“目送归鸿，手挥五弦。俯仰自得，游心太玄。”

④ 嵇康《与山巨源绝交书》：“又人伦有礼，朝廷有法，自惟至熟，有必不堪者七，甚不可者二：卧喜晚起，而当关呼之不置，一不堪也。抱琴行吟，弋钓草野，而吏卒守之，不得妄动，二不堪也。危坐一时，痹不得摇，性复多虱，把搔无已，而当裹以章服，揖拜上官，三不堪也。素不便书，又不喜作书，而人间多事，堆案盈机，不相酬答，则犯教伤义，欲自勉强，则不能久，四不堪也。不喜吊丧，而人道以此为重，己为未见恕者所怨，至欲见中伤者，虽瞿然自责，然性不可化，欲降心顺俗，则诡故不情，亦终不能获无咎无誉如此，五不堪也。不喜俗人，而当与之共事，或宾客盈坐，鸣声聒耳，嚣尘臭处，千变百伎，在人目前，六不堪也。心不耐烦，而官事鞅掌，机务缠其心，世故繁其虑，七不堪也。”

其　二

清心导养长精神，

堪比王乔与羡门[①]。

散发盗樽共吐论[②]，

当年柳下铁铮铮[③]。

其　三

尘网岂能容汝曹，

竹林蕞尔暂逍遥[④]。

清音不见广陵散[⑤]，

绝响尚思霹雳焦[⑥]。

---

① 王乔、羡门皆为古代传说中的神仙。《上清太极隐注玉经宝诀》：“劫始以来，赤松子、王乔、羡门、轩辕、尹子，并受五千文隐注秘诀，勤行大道，上为真人之长者，实要注之妙矣。”

② 《晋书·阮籍嵇康等传论》：“至于嵇康遗巨源之书，阮氏创先生之传，军谘散发，吏部盗樽，岂以世疾名流，兹焉自垢？”

③ 《晋书·嵇康传》：“初，康居贫，尝与向秀共锻于大树之下，以自赡给。颍川钟会，贵公子也，精练有才辩，故往造焉。康不为之礼，而锻不辍。”

④ 蕞尔：形容比较小的地区，如蕞尔小国、蕞尔小邦等。

⑤ 《广陵散》，又名《广陵止息》，为中国音乐史上非常著名的古琴曲。据称嵇康以善弹此曲著称，刑前仍从容不迫，索琴弹奏此曲，并慨然长叹：“《广陵散》于今绝矣！”

⑥ 霹雳焦：东汉蔡邕曾用烧焦的桐木造琴，后因此称琴为焦桐。唐张祜《思归引》：“焦桐弹罢丝自绝，漠漠暗魂愁夜月。”霹雳焦：指因雷劈而烧焦的桐木，此处代指琴。

其　四

李室庄门且寄身[①]，

遨游四海接孙登[②]。

鸾翮无奈遭铩羽，

辜负三千太学生[③]。

① 老子姓李。“李室庄门”即指老庄门下。

② 孙登：生卒年不详，字公和，号苏门先生，今河南省辉县人。长年隐居苏门山，博才多识，熟读《易经》《老子》《庄子》，会弹一弦琴，尤擅长啸。阮籍和嵇康都曾求教于他。著有《老子注》《老子音》。

③ 262 年司马昭下令将嵇康处以死刑。在刑场上，有 3000 太学生向朝廷请愿，请求赦免嵇康。

除夕日回乡高铁中即兴作

（2016 年 2 月 7 日）

高铁才南行，
已觉骨肉亲。
尔来大不易，
久客在京城。
今年今日尽，
明年明日新。
道旁树扑面，
飞来迎故人。

次韵央美陈平教授见寄

（2016 年 2 月 9 日）

感君豪气接苍穹，
画意诗情相互融。
笔唤五丁搜众妙[①]，
墨呈玄彩助观空[②]。
外师造化推陈迹，
中探心源绝世风[③]。
成就自家真面目，
森森头角与谁同！

---

① 五丁：神话传说中的五个力士。《艺文类聚》卷七引汉扬雄《蜀王本纪》："天为蜀王生五丁力士，能献山，秦王献美女与蜀王，蜀王遣五丁迎女。见一大蛇入山穴中，五丁并引蛇，山崩，秦五女皆上山，化为石。"

② 观空：观想事物的空性。佛教认为一切事物皆因缘和合而成，虽然在一定时空条件下存在，但本质上是空的，即性空假有。

③ "外师造化，中得心源"是唐代画家张璪所提出的艺术创作理论。

白马山远眺巢湖姥山岛[①]

（2016年2月10日）

清风明月知多好，
归去云林湖上老。
海外蓬莱恐路遥，
眼前已有姥山岛。

① 大年初一、初二，先后登临肥东白马山、四顶山。从山顶极目远眺，但见夕阳下的巢湖湖面，红霞满空，水天一色。湖中姥山岛隐约可见，如同海上仙山。晚风吹拂，忽忆元代画家倪云林晚年隐居太湖，坐享山水之乐，让人无限神往。

游心斋杂咏

（2016年2月11日）

默默无言入不二[①]，
微微一笑为拈花[②]。
传心家业等闲事[③]，
画笔是吾渡海槎。

---

① 《维摩诘经·入不二法门品》："如是诸菩萨各各说已，问文殊师利：'何等是菩萨入不二法门？'文殊师利曰：'如我意者，于一切法，无言无说，无示无识，离诸问答，是为入不二法门。'于是文殊师利问维摩诘：'我等各自说已，仁者当说何等是菩萨入不二法门？'时维摩诘默然无言。文殊师利叹曰：'善哉！善哉！乃至无有文字语言，是真入不二法门。'"

② 《五灯会元·七佛·释迦牟尼佛》卷一："世尊于灵山会上，拈花示众。是时众皆默然，唯迦叶尊者破颜微笑。世尊曰：'吾有正法眼藏，涅槃妙心，实相无相，微妙法门，不立文字，教外别传，付嘱摩诃迦叶。'"

③ 禅宗强调"以心传心"，所以"传心家业"即禅宗的事业。"等闲事"即平常事情。禅宗认为禅修不离日用。

望百丈岩瀑布[1]

（2016年2月12日）

岭上长云锁乱山，

断崖百丈出飞泉。

凌空浪浪翻白练，

入地涓涓成紫渊。

① 百丈岩：位于大别山腹地舒城县境内。余去年曾专程前往探访，可惜因饥肠辘辘半途而废。今年大年初四，在方先江兄弟以及汪卫东、国侠、何白桦、朱红等好友的陪同下，终于登上绝顶，了却夙愿。

忆昔日九华山之行[①]

（2016 年 2 月 21 日）

百里方圆皆闵家，
化城究竟一袈裟[②]。
海东王子修行处，
不坏肉身向晚霞[③]。
无主众生期地藏，
未空地狱待菩萨[④]。
为瞻佛面与僧面，
千里迢迢上九华。

---

① 九华山：古称陵阳山、九子山，为中国佛教四大名山之一，位于安徽省池州市青阳县境内。

② 金乔觉系新罗僧人，俗称金地藏，新罗国国王金氏近族。24 岁时，削发为僧，从新罗国航海来华。经南陵等地上九华。相传九华山原为青阳县居士闵公属地，金乔觉向其乞一袈裟地，不意展衣后竟遍覆九峰。闵公十分惊异，由惊而喜，先让其子拜师，后自己亦随之皈依。

③ 唐贞元十年（794 年），金乔觉 99 岁，忽召众徒告别，趺跏圆寂。相传其时“山鸣石陨，扣钏嘶嘎，群鸟哀啼，地出火光”。其肉身置函中经三年，仍“颜色如生，兜罗手软，罗节有声，如撼金锁”。众佛徒根据《大乘大集地藏十轮经》中菩萨“安忍如大地，静虑可秘藏”一语，认定他就是地藏菩萨示现。

④ 《地藏菩萨本愿经》载，地藏菩萨在忉利天宫受释迦佛咐嘱，在释迦佛入灭后到弥勒佛下生人间之前，六道众生都由他来教化。地藏菩萨立誓，要度尽六道一切众生自己才成就佛果：“地狱未空，誓不成佛；众生度尽，方证菩提”。

元宵日赋得无弦琴二首

（2016年2月22日）

其一

心思早已向南山[①]，

意造羲皇便自然[②]。

律吕谁人称善解？

大音妙在琴无弦[③]。

其二

也曾戎马度关山，

皓首穷经又卅年。

得意本非知解事，

如今最喜琴无弦。

---

① 陶渊明《饮酒》（其五）：“采菊东篱下，悠然见南山。”

② 陶渊明说：“五六月中，北窗下卧，遇凉风暂至，自谓是羲皇上人。”（《与子俨等疏》）

③ 沈约《宋书·隐逸传》：“潜不解音声，而畜素琴一张，无弦。每有酒适，辄抚弄以寄其意。”

再题窗前竹

（2016 年 2 月 22 日）

已觉飒飒暖风醺，
日日窗前对此君[①]。
许是我家偏爱笋，
春来小院皆龙孙[②]。

① 南朝宋刘义庆《世说新语·任诞》：“王子猷尝暂寄人空宅住，便令种竹。或问：‘暂住何烦尔！’王啸咏良久，直指竹曰：‘何可一日无此君？’”故“此君”即指竹子。

② 龙孙：笋的别称，或指新竹，或泛指竹。

由故乡移来兰花二首[①]

(2016 年 2 月 26 日)

其　一

安土重迁惜已迁，

江湖浪荡别经年。

故国山水将无计，

唯向案头移蕙兰。

其　二

肯出幽谷别家山，

愿向书斋伴鹤颜。

何必萋萋树九畹[②]，

意足应是故乡兰。

---

① 春节回老家过年，郭兴长领棹棹、郭纯、郭巍、梦溪等一起登山，在山中挖到一株兰花。我带回北京，移载盆中，如今长势良好，不日即将开花。窃喜！窃喜！

② 屈原《离骚》：“余既兹兰之九畹兮，又树蕙之百亩。”

闻终南山尚有隐居者

（2016 年 3 月 2 日）

林下风流今尚存，

终南深处多遗民[①]。

衣无重彩少兼味，

唯有白云可悦人[②]。

① 遗民：此处指遗世独立之人。

② 陶弘景《诏问山中何所有赋诗以答》：“山中何所有，岭上多白云。只可自怡悦，不堪持赠君。”

访郭沫若故居，赏蜡梅，把玩郭老所用毛笔二首[①]

（2016年3月4日）

其　一

郭府蜡梅多子孙，

不辞风雪先清芬；

年年岁岁意无尽，

光景一如旧主人。

其　二

如斯手笔如斯人，

羲献以来几未曾！

案上狼羊多一品，

壁间遗墨犹龙腾。

---

① 昨日应郭沫若纪念馆赵馆长之邀，专程至郭老故居欣赏腊梅，并有幸进郭老书斋把玩郭老使用过的毛笔，感觉如同当面聆听郭老的教诲。郭老作大字喜用羊毫斗笔，小字多用极品狼毫，大都出自“王一品”笔庄。书斋前的腊梅也极为特别，不仅树大花香，而且根部不断滋出新枝，所以格外茂盛。郭老也曾写过咏腊梅诗句，想来非常喜欢这棵梅花吧？

咏鼓山涌泉寺铁树并呈普法方丈[①]

（2016 年 3 月 26 日）

相庆优昙念念兹[②]，

绒球狐尾辨雄雌。

神僧毕竟多神迹，

昔日白髭今黑髭。

---

① 闻福建鼓山涌泉寺方丈院内有铁树三株，年逾千载，时亦开花。雌花如黄绒球，雄花如小狐尾，世人叹为稀有。遥想该寺昔日方丈虚云长老白须飘拂，又见该寺今日住持普法上人黑须垂胸，想来皆神僧也！微神僧则铁树不能开花欤？

② 优昙：优昙花。佛家认为三千年一开的优昙花象征着转轮圣王出现于世间。

游巢湖云水湾

（2016 年 4 月 1 日）

烟波湖上渺难寻，
雾里神仙思比邻。
云水湾中云水客，
千金欲买武陵春。

滨湖道上见桃花盛开

（2016 年 4 月 1 日）

一片氤氲夺化工，
十分娇艳属桃红。
琉璃万顷青螺出，
疑踏仙人碧壶中[①]。

---

① 《后汉书·方术传下·费长房》载：长房为市掾，见一老翁卖药，悬一壶于肆头。市罢，即跳入壶中。长房因诣翁，翁与俱入壶中，见玉堂庄严华丽，美酒佳肴充盈其中，相与饮毕而出。后因以“碧玉壶”指仙境。宋苏轼《刁景纯席上和谢生》之一：“误入仙人碧玉壶，一欢那复问亲疏。”亦省作“碧壶”。元王恽《仙游曲》之五：“金简朝元拥玉华，碧壶香满谪仙家。”

巢湖湖畔作

（2016 年 4 月 2 日）

但凭画笔作禅行，
每对湖山便写真。
云水三千淡我虑，
年来不问洗心经[①]。

① 洗心经：《易经》的代称，因《易·系辞上》有“圣人以此洗心”句，故称。金段成己《送冯资深西归》诗：“胸次无尘元自好，床头况有洗心经。”

和友人并步原韵

（2016 年 4 月 2 日）

不论诗工或不工，

与君且饮女儿红。

人生得意须随意，

毋问东西南北中。

从老家移来兰花，栽入盆中

（2016 年 4 月 5 日）

陶盆瓦罐聊作田，

留取春光十指尖。

日嗅清香三万缕，

兰花如我我如兰。

春日杂咏

（2016 年 4 月 11 日）

权以闲心对百忙，
饥餐渴饮少思量。
篱边右舍听山鸟，
窗外左邻见海棠。
漫步小园觅画稿，
独凭禅榻搜诗肠。
眼前春色无高下，
笔底花枝自短长。

观文道长针灸治病[1]

（2016 年 4 月 11 日）

康济群生追药王[2]，

龙门派下习岐黄[3]。

悬壶但见九真子，

度世金针自有方。

---

① 文崇斌道长号九真子，幼习中医，擅针灸，望之如神仙中人。

② 药王：孙思邈，京兆华原人，约生于隋文帝开皇元年（581 年），卒于唐高宗永淳元年（682 年），享年 101 岁。世称孙真人，尊之为药王，成为中国民间信仰之一。

③ 岐黄：岐黄之术。岐黄之术又称岐黄医术，“黄”指的是轩辕黄帝，“岐”指的是他的臣子岐伯。相传黄帝常与岐伯、雷公等臣子坐而论道，探讨医学问题，对疾病的病因、诊断以及治疗等原理设问作答，予以阐明，其中很多内容都记载于《黄帝内经》这部医学著作中。后世出于对黄帝、岐伯的尊崇，遂将岐黄之术指代中医医术。

去年棹棹第一次打靶，十二发得九十八环

（2016 年 4 月 16 日）

弄墨者谁又舞枪？

英姿飒爽小娇娘。

投足欲跨千里马，

举手能穿百步杨。

赠小文道长[①]

（2016年4月18日）

每见云风文道长，

神情内敛气混茫。

金针到处病先去，

为念苍生寿且康。

① 文崇圣道长与其兄长文崇斌道长皆擅长针灸。余睡眠不好，小文道长略施金针，现在已日渐好转。

寄雪窦寺怡藏法师

（2016 年 4 月 20 日）

多年不见大和尚，
忽忆四明无量光①。
丈室每闻灭垢语，
禅堂总伴解脱香。
摩尼宝殿匾犹在②，
微妙高台月转廊。
永洗尘劳除妄想，
缁衣换我在家裳③。

① 四明：四明山，雪窦寺即坐落于此山。

② 余曾为雪窦寺题写“摩尼宝殿”匾。

③ 缁衣：僧尼的服装；引申指佛教；借指僧人。

青州书画市场见闻

（2016年4月25日）

如云墨客赴青州，

其技神乎鬼见愁。

为道为粮皆攘攘，

是骡是马且溜溜。

青州博物馆看龙兴寺窖藏佛像

（2016年4月26日）

即从海岱古佛堆[①]，

断臂残躯辨曹衣[②]。

无始以来何所住，

试同三武问劫灰[③]。

---

① 《书·禹贡》："海岱惟青州。"唐杜甫《登兖州城楼》诗："浮云连海岱，平野入青徐。"

② 曹衣：曹衣出水。"曹衣出水"又称"曹家样"，是由北齐曹仲达创造的中国古代人物衣服褶纹画法之一。《图画见闻志》说曹仲达的人物画，衣服褶纹多用细笔紧束，似衣披薄纱，又如刚从水中捞出之感，后人因之命名。

③ 三武：三武灭佛，指的是北魏太武帝灭佛、北周武帝灭佛、唐武宗灭佛这三次事件的合称。若加上后周世宗时的灭佛则合称为"三武一宗灭佛"。劫灰：亦作"刦灰"或"刼灰"，本指劫火的余灰。晋干宝《搜神记》卷一三："汉武帝凿昆明池，极深，悉是灰墨，无复土。举朝不解，以问东方朔。朔曰：'臣愚，不足以知之。'曰：'可试问西域人。'帝以朔不知，难以移问。至后汉明帝时，西域道人来洛阳。时有忆方朔言者，乃试以武帝时灰墨问之。道人云：'经云：天地大劫将尽，则劫烧。此劫烧之余也。'乃知朔言有旨。"

远眺青州云门山、驼山并写生

（2016 年 4 月 29 日）

云门看罢看驼峰，

秃笔尽收荦确丛[1]。

明日复归城里去，

两山已在画堂中。

① 荦确：指怪石嶙峋貌，或者坚硬貌。唐韩愈《山石》："山石荦确行径微，黄昏到寺蝙蝠飞。"

游心斋杂述

（2016年5月1日）

此身曾历去来今[①]，
自信三生翰墨僧。
寸管只耕方寸地[②]，
老秃谁笑中书君[③]。

---

① 去、来、今：前世、今世、来世。

② 寸管：指笔；方寸地：指心。

③ 中书君：出自唐韩愈《毛颖传》，为古代笔的别称。韩愈作寓言《毛颖传》，称以兔毫所制的毛笔为毛颖 。言颖居中山为蒙恬所获，献于秦皇 ，秦皇封之于管城 ，号管城子 ，“累拜中书令，与上益狎，上尝呼为中书君”。后来，“上见其发秃，又所摹画不能称上意。上嘻笑曰：‘中书君老而秃，不任吾用。吾尝谓中书君，君今不中书邪？’”

游无锡荡口古镇[①]

（2016 年 5 月 14 日）

枕水听涛景自佳，
鹅湖荡口日西斜。
风流韵事君须记，
曾在钱家与华家。

① 荡口古镇：位于无锡东南鹅湖镇境内，古名丁舍，相传是东汉孝子丁兰故里。景区共设旅游景点八处，分别是华氏义庄、钱穆旧居、关帝庙、华蘅芳生平事迹陈列馆、华君武故居、亨得利钟表馆、王莘故居、会通馆。

苏州狮子林即景[①]

（2016 年 5 月 17 日）

湖石叠作玲珑山，

穿洞过桥似行禅。

为写云林十二景[②]，

也学天子下江南[③]。

---

① 狮子林：始建于元代至正二年（1342 年），最先是佛教徒为高僧天如禅师所建之禅林。因园内“竹下多怪石，状如狻猊（狮子）者”，又因天如禅师惟则得法于浙江天目山狮子岩普应国师中峰，为纪念佛徒衣钵、师承关系，取佛经中狮子座之意，故名“狮子林”。

② 明洪武六年（1373 年），73 岁的大书画家倪瓒（号云林）途经苏州，曾参与造园，并题诗作画，绘有《狮子林图》，内有狮子林十二景。

③ 1703 年 2 月 11 日清康熙巡游至此，赐额“狮林寺”，后清乾隆皇帝六游狮子林，先后赐“镜智圆照”“画禅寺”及现存“真趣”等额匾。

苏州拙政园[①]

（2016 年 5 月 18 日）

水边轩榭接台亭，

四面荷风万盖荫。

五百年来成此景，

谁知园主频换人。

---

① 拙政园：始建于明正德初年（16 世纪初），是江南古典园林的代表作品，与北京颐和园、承德避暑山庄、苏州留园一起被誉为中国四大名园。

挽杨绛先生

（2016 年 5 月 25 日）

应是羲皇以上人[①]，
此心长隐于斯文。
道山已列钱夫子[②]，
仙府又添绛先生。
国故西学称两有，
贤妻才女兼一身。
堪与彭祖期同寿[③]，
试问世间几度闻？

① 如同羲皇时代纯朴的人民一样，自由自在、和和美美地生活。

② 钱夫子：杨绛先生的丈夫钱锺书先生。

③ 彭祖：传说中的养生家，据称是颛顼的玄孙。相传他历经唐虞夏商等朝代，活了八百多岁。

游心斋杂感

（2016年6月3日）

学而时习从鲁叟[1]，

寂犹常照随瞿昙[2]。

有为还以无为本，

问道老聃并作三。

---

① 鲁叟：指孔子。唐李白《早秋赠裴十七仲堪》诗：“荆人泣美玉，鲁叟悲匏瓜。”宋苏轼《六月二十日夜渡海》诗：“空余鲁叟乘桴意，粗识轩辕奏乐声。”清逢丘甲《将之南洋留别亲友》之一：“要知吾道其南意，鲁叟先言海可浮。”

② 瞿昙：释迦牟尼的姓。一译乔答摩，亦作佛的代称。

忆昔日越南之行二首

（2016年6月3日）

一、安子山[①]

遥想安公无上道，
又思大士竹林禅。
此山风月谁消受？
不是高僧便地仙。

二、下龙湾[②]

扑朔迷离海上山，
桂林未甲下龙湾。
河伯到此应无憾，
我亦望洋叹再三[③]。

---

① 安子山：在越南河内东北部，为昔日安期生炼丹修道之处。后陈仁宗（号竹林大士）于此出家，创竹林禅派。

② 下龙湾：位于安子山脚下，有“海上桂林”之称，但较桂林更加壮观。

③ 《庄子·秋水》：“秋水时至，百川灌河。泾流之大，两涘渚崖之间不辨牛马。于是焉河伯欣然自喜，以天下之美为尽在己。顺流而东行，至于北海，东面而视，不见水端。于是焉河伯始旋其面目，望洋向若而叹曰：‘……吾非至于子之门，则殆矣，吾长见笑于大方之家。’”

昔日乘舟游越南宁平溶洞

（2016 年 6 月 6 日）

宁平有景洞中藏，
绿水环山且入肠。
越女荡舟时俯仰，
云峰有意也低昂。

端午日忆屈子

（2016 年 6 月 10 日）

此身空许汨罗涛[①]，
月照沟渠恨未消。
湘水平添逐客泪，
文坛徒剩楚臣骚。

① 汨罗江在洞庭湖东侧，属洞庭湖水系。在汨罗江注入湖口以上约 1.5 公里处，潭水很深，传说是屈原投江殉难处，有石碑记其事。

雨后探竹

（2016 年 6 月 11 日）

年年龙子携龙孙，

小圃又添三两根。

雨后谁人寻瘦影？

此君潇洒我天真。

读《史记》知优孟不愿为楚相[①]

（2016年6月12日）

升沉出处费思量，
归计与妻谋短长。
乱世慎无为楚相，
妇言在耳谢君王。

① 《史记·优孟传》载，楚庄王欲以优孟为相，孟曰："请归与妇计之"。三日后告庄王："妇言慎无为楚相"。又《古列女传》记，楚王欲以于陵子终为相，子终入告于妻，妻曰"乱世多害"，遂逃而为人灌园。

雨后携友人登山

（2016 年 6 月 15 日）

出岫白云识似曾，
谁人随我向山行？
多情直上光明顶，
雨后斜阳付与君。

南下写生途中作

（2016年6月20日）

会海文山两不堪，
清规戒律伤天全。
赏心还是丹青好，
信手拈来便自然。

读《晋书·陶潜传》

（2016年6月24日）

已然看惯南山秋，
还向北窗作卧游。
本是羲皇以上客[①]，
谁堪束带见督邮[②]。

① 晋陶潜《与子俨等疏》："常言五六月中，北窗下卧，遇凉风暂至，自谓是羲皇上人。"

② 《晋书·隐逸传·陶潜》载：陶潜为彭泽令，郡遣督邮至县，吏白应束带见之，潜叹曰："吾不能为五斗米折腰，拳拳事乡里小人邪！"遂解印去县。

三十年前与国侠相识于北大校园舞会，并私定终身，今戏作小诗赠之

（2016 年 6 月 26 日）

当年舞场见倾城，

弧步旋成小乾坤。

借问未名湖畔月，

何为万种之风情？

游徽州古村落[1]

（2016年6月2日）

溪声山色古村庄，

守黑知白韵自长。

辄遇拐弯皆抹角，

每逢曲水总萦墙。

正垂戗脊迎神兽，

石木砖雕邀日光。

且看眼前进士第，

请君入室先登堂。

① 去年游皖南泾县，沿途时见徽派古村落掩映在绿树翠竹之中，黑瓦白墙相得益彰。今忆此行，作七律一首。

山居杂咏

（2016 年 7 月 1 日）

白足久不到红尘[①]，
朝看闲云暮诵经。
汉既不知遑论晋，
山中风月别乾坤。

① 白足：罗什弟子昙始，足白于面，虽跣涉泥淖而未尝污湿，人称“白足和尚”，后亦以“白足”指僧人。

焦山访《瘗鹤铭》

（2016 年 7 月 3 日）

白波四面何茫茫，
独有焦山能镇江。
无奈南铭沉水底，
龙宫或许已收藏。

漫步瘦西湖，忆唐人杜牧

（2016年7月3日）

骑鹤扬州气自豪[①]，
春风十里尽蛮腰[②]。
古今谁共西湖瘦？
明月箫声廿四桥[③]。

---

① 古人曾云："腰缠十万贯，骑鹤下扬州"。

② 杜牧《遣怀》："落魄江湖载酒行，楚腰纤细掌中轻。十年一觉扬州梦，赢得青楼薄幸名。"

③ 杜牧《寄扬州韩绰判官》："青山隐隐水迢迢，秋尽江南草未凋。二十四桥明月夜，玉人何处教吹箫？"

读《归去来兮辞》

（2016 年 7 月 10 日）

北窗高卧羲皇民，
乘兴也曾抚素琴。
归去若非脍炙口，
文忠公道晋无文[①]！

① 北宋文坛领袖欧阳修称：“晋无文章，惟陶渊明《归去来》一篇而已。”

观陈平教授九华山写生画稿[①]

（2016年7月10日）

先生信手移诸刹[②]，
宿墨随心动大千[③]。
触处真能成妙有[④]，
空斋顿见散花天[⑤]。

① 昨日下午应邀至陈平教授画室做客，拜读陈先生近年写生画稿，所画皆九华山景物。先生善用宿墨，妙笔生花，一派生机，读之如沐春风，归来后成此数语以志欢喜之情。

② 刹：梵语“刹多罗”的简称，指寺庙佛塔：古刹、宝刹。

③ 大千：“大千世界”的省称。晋道恒《释驳论》：“故神晖一震，则感动大千。”宋苏轼《端午遍游诸寺得禅字》：“忽登最高塔，眼界穷大千。”

④ 妙有：非有之有曰妙有，非空之空而曰真空。佛教中，性宗谈空，相宗说有；空是真空，有是妙有。此即缘起（妙有）性空（毕竟真空），性空缘起。

⑤ 散花天：散花天女。

游惠州西湖见苏东坡与爱妾王朝云塑像

（2016 年 7 月 16 日）

身世相违又何愁[①]，
朝云自可解千忧。
前生应是施家女[②]，
故把西湖移惠州[③]。

---

① 苏东坡时常感叹自己身世相违，如："我今身世两相违，西流白日东流水。"（《寓居合江楼》）

② 施家女：指西施。

③ 惠州西湖原名丰湖，北宋绍圣元年（1094 年）苏东坡被贬惠州时，把丰湖改称为西湖。

观南海局势

（2016 年 7 月 19 日）

作浪兴风总不休，

豺貉早已共一丘。

料无战事生南海，

我有上兵善伐谋[①]。

① 《孙子兵法·谋攻篇》："故上兵伐谋，其次伐交，其次伐兵，其下攻城。攻城之法为不得已。"上兵：上乘用兵之法。伐：进攻、攻打。谋：谋略。伐谋：以谋略攻敌赢得胜利。用兵的最高境界是用谋略战胜敌人。

学书三昧

（2016年7月23日）

书道多宗王内史[1]，

个中谁解十如是[2]。

非人磨墨墨磨人[3]，

出定坡公曾启齿。

---

① 王内史：王羲之。《晋书》卷八十《王羲之传》："羲之既拜护军，又苦求宣城郡，不许。乃以为右军将军、会稽内史。"

② 《法华经·方便品》："佛所成就第一希有难解之法，唯佛与佛乃能究尽诸法实相。所谓诸法如是相、如是性、如是体、如是力、如是作、如是因、如是缘、如是果、如是报、如是本末究竟等。"

③ 苏东坡《次韵答舒教授观余所藏墨》："此墨足支三十年，但恐风霜侵发齿。非人磨墨墨磨人，瓶应未罄罍先耻。"

山中杂感

（2016 年 7 月 30 日）

西山闲道人，

久别喧嚣声。

唯以纸笔墨，

聊作佛法僧。

放心弥天地，

游目骋古今。

何必颜色似，

所愿在风神。

翡翠把件

（2016 年 7 月 3 日）

白绿红黄最可人，
掌中自有一乾坤。
他年若借相如手，
可换强秦十五城[①]。

---

① 《史记》卷八十一《廉颇蔺相如列传》：“赵惠文王时，得楚和氏璧。秦昭王闻之，使人遗赵王书，愿以十五城请易璧”。

咏笔耕之乐

（2016 年 8 月 13 日）

动极思静更思闲，

半隐堂中半似仙。

偶事笔耕真乐事，

案头有我负郭田[1]。

---

① 《史记·苏秦列传》载，苏秦曰："且使我有雒阳负郭田二顷，吾岂能佩六国相印乎？"

《佛说摩登女经》言阿难与摩登伽女之故事

（2016 年 8 月 14 日）

秀色当前未可餐，

道心已入如来禅。

相逢纵是摩登女，

犹记佛说不净观①。

---

① 据《大佛顶如来密因修证了义诸菩萨万行首楞严经》记载，有一天尊者阿难托钵化缘，被摩登伽女看见。摩登伽女想要与阿难尊者结婚，于是央求她的母亲。她母亲会巫术，便念诵先梵天咒，迷惑了阿难，眼看将要破戒时，佛陀派文殊师利菩萨持《大佛顶首楞严咒》破除了魔咒。摩登伽女和阿难一起来到佛前，央求佛陀允许阿难和她成婚。佛问道："你爱阿难什么呢?"摩登伽女说："我爱阿难的眼睛，爱他的鼻子，爱他的嘴巴，爱他的声音。世尊，甚至连他走路的姿态我也很喜欢啊!"佛说道："你爱他的眼，我把他眼睛挖出来给你，你爱他的鼻子，我割下来给你。"摩登伽女连忙摇首道："不要不要。"佛又开示：他的眼睛里有泪水，鼻孔中有鼻涕，嘴里有唾液，耳朵里有耳垢，身体里满是屎尿血脓，如果你跟他结婚，便会生子，有生就会有死，有死就会悲伤号哭，这个身体对你又有什么帮助和益处呢? 那女子听罢，如梦初醒，立即证得了阿罗汉道。

访兰茂故居[①]

（2016 年 8 月 15 日）

兰茂上人号止庵，

精研本草出滇南。

个中甘苦皆尝遍，

济世敢为天下先[②]。

---

① 兰茂（1397～1470）：字廷秀，号止庵，外号和光道人、洞天风月子、玄壶子等，云南省嵩明县杨林人，祖籍河南省洛阳市。明代医药家、音韵学家、诗人、教育家、理学宗匠。生性聪颖，勤奋好学，少通经史，旁及诸子百家，终身隐居杨林乡里，采药行医，潜心著述，设馆授徒。兰茂著述很多，明正德《云南志》记有《玄壶集》等 19 种，流传至今有《韵略易通》《滇南本草》《医门揽要》《玄壶集》《信天风月通玄记》和 170 多首诗作。

② 兰茂的《滇南本草》早于李时珍《本草纲目》142 年。

友人惠我梅花照片，作此以谢

（2016 年 8 月 17 日）

枝头谁嗅十分春，

却喜野梅不厌村。

我愿无边香雪海，

常随画意与诗魂。

焦博士于昆明大龙潭为余开设画室

（2016 年 8 月 19 日）

家良博士旧相知，

邀我龙潭作画痴。

筑室借山抬望眼，

开湖栽柳弄清漪。

出尘犹感抽身晚，

问道亦觉习静迟。

来日已无心种种，

禅门绘事共加持。

由南国移来老梅两株，如今一枯一荣

（2016 年 8 月 21 日）

其 一

大荒还作冰霜色，

铁干已呈龙凤姿。

一岁春光何处始？

暗香初透子孙枝。

其 二

置身大野绝风尘，

铁干铮铮气萧森。

曾放琼花傲冰雪，

也留枯木作龙吟。

忆昔日大理之行

（2016 年 8 月 21 日）

昔年曾做点苍客[①]，
犹记风花伴雪月[②]。
绝胜还期旧地游，
好持画笔写山色。

---

① 点苍：点苍山，又名苍山，古时称为熊苍山、玷苍山，是云岭山脉南端的主峰，由 19 座山峰由北而南组成，东临洱海，西望黑惠江，北起洱源邓川，南至下关天生桥，长约 50 公里，如一道绿色屏障，雄峙于洱海西岸。

② 风、花、雪、月为大理“四绝”：下关风，上关花，苍山雪，洱海月。

观李淳风、袁天罡《推背图》[①]

（2016 年 8 月 23 日）

李袁二子天之徒，
能测幽微穷万殊。
世事谬悠问宿命，
可披推背六十图。

① 《推背图》是一部奇书，传说是唐太宗李世民为推算大唐国运，让当时两位著名的天相家李淳风和袁天罡编写的。李淳风用周易八卦进行推算，一下子竟推算到了唐以后中国 2000 多年的命运，直到袁天罡推他的背，说道：“天机不可再泄，还是回去休息吧”，本书遂得名《推背图》。《推背图》共有 60 幅图像，每一幅图像下面附有谶语和“颂曰”律诗一首，预言了从唐开始一直到未来世界大同发生在中国历史上的主要事件。

游小孤山，望彭浪矶[1]

（2016 年 8 月 28 日）

情同地久如天长，

砥柱中流待老荒。

寄语东坡江渚上，

小姑依旧爱彭郎。[2]

---

① 小孤山：又称小孤矶，在安徽省宿松县东南 120 里复兴镇（原套口乡）境内。孤峰独耸，屹立江心，与江西省彭泽县的彭郎矶隔江相望，素有“海门第一关”“长江天柱”“江上蓬莱”之美称，被历代诗家学者吟赞为“长江绝岛、中流砥柱”。

② 苏轼《李思训画长江绝岛图》：“山苍苍，水茫茫，大孤小孤江中央。……舟中贾客莫漫狂，小姑前年嫁彭郎。”

园中老梅长势良好，每见之皆心生欢喜

（2016 年 9 月 5 日）

于事无心真自在[①]，
更从铁干超尘外。
分君一缕还魂香[②]，
了却多劫清净债。

① “于事无心，于心无事”，即《华严经》所说的理事无碍、事事无碍，是证得了“空有”的境界。《景德传灯录》卷十五，德山宣鉴师上堂谓众曰：“汝但无事于心，无心于事，则虚而灵空而妙。”

② 阮元在《广陵诗事》卷九中记载，仪邑城外数里准提庵有老梅，康熙末枯去，四十余年复活。花时古香异常，人目为返魂梅，题咏者甚多。

读《般若心经》

（2016 年 9 月 8 日）

弹指已经成住坏，

谁能空海舞澎湃[1]。

口宣揭谛波罗僧，

般若行深观自在。

① 成、住、坏、空指的是四劫，为佛教关于世界生灭变化之基本观点。佛教宇宙观认为，一个世界之成立、持续、破坏，又转变为另一世界之成立、持续、破坏，其过程可分为成、住、坏、空四个时期，称为“四劫”。

中秋佳节小女月舟在敦煌写生，作此寄之，并示国侠

（2016 年 9 月 15 日）

今夕秋思落自家，

心随明月照流沙。

高人应赐邯郸枕[1]，

梦里相期你我她。

---

① 唐沈既济《枕中记》载：卢生于邯郸客店中遇道士吕翁，翁探囊中枕以授之，曰："子枕吾枕，当令子荣适如志。"其枕青瓷，而窍其两端。生就枕入梦，历尽人间富贵荣华。梦醒，店主蒸黄粱未熟。

和焦家良博士

（2016 年 9 月 17 日）

葡萄美酒出南非[①]，

欲饮人间能几回？

把盏言欢总不醉，

英雄四顾非我谁。

① 焦总经营“理想”牌葡萄酒，此酒原浆来自南非。

咏公学始祖文翁[①]

（2016 年 9 月 23 日）

巴蜀能和齐鲁同，
独凭教化易蛮风。
公学百代祖石室，
文苑千秋说仲翁。

① 余乡文翁，名党，字仲翁。汉景帝时为蜀郡太守，崇教化，兴学校，被推为公学始祖。武帝时全国皆效之。所创石室，为今日成都石室中学之前身。班固称：“至今巴蜀好文雅，文翁之化也。”

忆昔日游杜甫草堂

（2016年9月23日）

浣花溪畔四寒暑，

隐约草堂卧杜甫。

穷而后工太瘦生，

辛勤应是作诗苦[1]？

---

① 李白《戏赠杜甫》："饭颗山头逢杜甫，顶戴笠子日卓午。借问别来太瘦生，总为从前作诗苦。"

秋日遣兴

（2016 年 9 月 30 日）

流水高山韵最娇[①]，

知音无奈九牛毛。

焦桐三尺今何在[②]，

寂寞心弦久不操。

醉后真言空自吐，

笔端珠玉只闲抛[③]。

还将诗语入玄妙，

莫负禅家切玉刀[④]。

---

① 伯牙善鼓琴，钟子期善听。伯牙鼓琴，志在高山，子期曰："善哉，峨峨兮若泰山！"志在流水，子期曰："善哉，洋洋兮若江河！"子期死，伯牙谓世再无知音，乃破琴绝弦，终身不复鼓。

② 东汉蔡邕曾用烧焦的桐木造琴，后人称琴为焦桐。

③ 徐渭诗云："笔底明珠无处卖，闲抛闲掷野藤中。"

④ 元好问诗云："诗为禅客添花锦，禅是诗家切玉刀。"

游心斋抒怀

（2016 年 10 月 1 日）

已知唯道集心斋[1]，

不信尘埃惹镜台[2]。

愿伴卢敖浮北海，

更期若士超九垓[3]。

---

① 《庄子·人间世》："唯道集虚，虚者心斋也。"

② 敦煌本《坛经》载，慧能悟道偈云："菩提本无树，明镜亦非台。本来无一物，何处惹尘埃！"

③ 《淮南子》卷十二《道应训》："卢敖游乎北海，经乎太阴，入乎玄阙，至于蒙谷之上。见一士焉，深目而玄鬓，泪注而鸢肩，丰上而杀下，轩轩然方迎风而舞，顾见卢敖……若士者齤然而笑曰：'……吾与汗漫期于九垓之外，吾不可以久驻。'"

秋日登高

（2016 年 10 月 3 日）

重阳日近试登高，

秋在香山山半腰。

路隐层林接晚照，

霜余红叶向天烧。

冬将至，移兰入室[①]

（2016 年 10 月 9 日）

卿本赤方草，
随我入帝乡。
堪忍尘世苦，
不改王者香。
著书忧国难，
洒泪酬芬芳。
今冬俩相伴，
吾室即尔房。

① 余自故乡移来兰花，植于园中，日日探望，风雨无阻。每诵屈子“滋兰九畹”“树蕙百亩”之句，又忆《石头记》中“绛珠还泪”之说，不胜唏嘘。今寒冬将至，余将兰花移至室内，以免其受冰雪之苦。

秋日遇雨，无客，作一律自遣

（2016年10月11日）

香峰北侧暂结庐，

举步阴晴众璺殊。

晓雾空濛总曼妙，

青山磊落自跏趺[①]。

大觉寺古钟声远，

小院地偏车马疏。

秋雨绵绵心寂寂，

正合细看宗门书[②]。

① 跏趺：指佛教中修禅者的坐法，即两足交叉置于左右股上，称“全跏坐”，又称“吉祥坐”。

② 禅宗自称“宗门”。

山居偶得二首

（2016 年 10 月 14 日）

其一

红尘浪里已抽身，
归去长随岭上云。
此处香山多胜友①，
苍髯白甲葛天民②。

---

① 唐会昌年间，白居易等九位文人墨客在河南洛阳香山聚会宴游，史称“香山九老”。余今卜居北京香山，日日与自然为伍，不亦乐乎？

② 苍髯：松树的针叶像苍黑色胡须。梁慧皎《高僧传》载：“东晋法潜隐剡山，或问胜友者谁，指松曰：‘苍髯叟也’。”白甲：形容松树枝干的皴皮有如灰白色的鳞甲或铠甲上的甲片。葛天：葛天氏，是上古传说中的“圣皇”之一，据说发明过乐舞。此处“葛天民”即指作者。

其　二

不耕方寸自虚灵①，

若个西山闲道人②。

风雨晦兮云已吐，

梅子熟也酒才温③。

---

① 方寸：心。

② 永嘉玄觉《证道歌》云：“绝学无为闲道人，不除妄想不求真。”余自号“西山闲道人”。

③ 明州大梅山法常禅师初参大寂（马祖），问：“如何是佛?”大寂云：“即心即佛。”师即大悟。大寂闻师住山，乃令一僧到问云：“和尚见马师，得个什么，便住此山?”师云：“马师向我道‘即心即佛’，我便向这里住。”僧云：“马师近日佛法又别。”师云“作么生别?”僧云：“近日又道：‘非心非佛。’”师云：“这老汉惑乱人，未有了日。任汝非心非佛，我只管即心即佛。”其僧回，举似马祖，祖云：“大众，梅子熟也。”（《景德传灯录》卷七）

又得翡翠把件[①]

（2016年10月17日）

阴阳不负黄加绿，

神韵还需雕且琢。

龟背负龟真栩栩，

翠寒翡暖为君说。

① 此件颜色为黄加绿，谐音“皇家绿”，双色呈阴阳鱼形，令人叹为稀有！题材为大龟背上负两小龟，寓意“辈辈富贵”。

移兰入室，又见新芽

（2016 年 10 月 18 日）

一技文章已渺茫，

诗肠沾酒更疏狂。

也知刺虎非吾事，

只拟种兰觅祖香。

霜降日登凤凰岭赏红叶

（2016 年 10 月 23 日）

无边霜叶残膏染，
浩荡秋风重剪裁。
许是结习尚未尽[①]，
翩翩红艳入怀来。

① 结习：意为烦恼。《维摩诘经·观众生品》载，维摩丈室中有天女散花，花飞到菩萨身上则纷纷坠地，而碰到弟子们却粘附不去。原因是弟子们“结习未尽，华（花）著身耳”；菩萨没有“结习”，即没有“执著”，因此“华不著也”。

游京西凤凰岭

（2016 年 10 月 24 日）

登高偶到凤凰岭，

钟鼓龙泉世外音[①]。

落木随风秋有信，

寒塘倒影月无心。

摩诘居士好习静[②]，

司马先生喜醉吟[③]。

回首尘寰忘宿命，

万家灯火照虚明[④]。

---

① 龙泉寺在凤凰岭脚下。

② 唐王维《积雨辋川庄作》：“山中习静观朝槿，松下清斋折露葵。”

③ 白居易：字乐天，号香山居士，又号醉吟先生。曾被贬为江州（今江西省九江市）司马，故有“醉司马”之称。白氏晚年笃信佛教，为僧如满之弟子。

④ 虚明：意为空明，清澈明亮。晋陶潜《辛丑岁七月赴假还江陵夜行涂口》：“凉风起将夕，夜景湛虚明。”

谢国侠每日为我磨墨

（2016年10月27日）

磨墨雪儿能解律[1]，

持家灶妇善调烹。

游心斋主浑无事[2]，

秃笔消磨世外情。

---

① 《唐诗纪事》卷七一："雪儿者，李密之爱姬，能歌舞。每见宾僚文章有奇丽入意者，即付雪儿叶音律以歌之。"东坡有诗云："知有雪儿供笔砚，应嗤灶妇洗盆瓶。"此处以"雪儿"指代国侠。

② 余画室名"游心斋"。

题灵璧禅石

（2016 年 10 月 28 日）

混沌不雕栩栩然，

未着一相自通禅。

悬知石性是佛性，

道味还需道眼观。

老 梅

（2016年10月28日）

万里同苦寒，

槁木生冷艳。

雪中看梅花，

如睹君之面。

无　题

（2016 年 10 月 28 日）

匹马单枪何道哉，
倦游何处洗尘埃？
故国尚有闲田地，
三径待吾归去来。

忆白光老和尚[①]

（2016年10月30日）

藤杖灰袍古道肠，
真僧犹记老白光。
回思法界第一义，
面里辣椒滋味长。

① 惊闻白光老和尚圆寂，不胜唏嘘！回想25年前，我在法源寺中国佛学院授课，白光长老时任副教务长。老和尚每次招待我用餐，基本上都是一大碗清汤面。僧人很少用佐料，老和尚怕我觉得味淡，总给我在面中放一大匙辣椒酱。面条就酱，越吃越香。

答友人，步其韵

（2016 年 10 月 31 日）

幕天席地真吾庐，
看取朝暾半点朱[①]。
春雨冬云幻五彩，
秋风夏月是双姝。
佛说众味乃一味，
自忖有无究竟无。
阅尽古今多少事，
误人每每在读书。

① 朝暾：初升的太阳，明亮温暖。《隋书·音乐志下》：“扶木上朝暾，嵫山沉暮景。”唐孟郊《抒情因上郎中二十二叔监察十五叔兼呈李益端公柳缜评事》：“明明三飞鸾，照物如朝暾。”

赴杭州途中作[①]

（2016 年 11 月 4 日）

富春秀色昔曾餐，

一寸风光值万钱。

清兴才思谢太守，

梦魂已到越溪山。

① 今天赴杭州开会。上车后先闭目养神，半睡半醒间忽想起两年前曾到富春江一带调研之情形，又想起李白、谢灵运等前贤徜徉于越中山水。遂作此绝句。

登天目山，若有所思[1]

（2016年11月7日）

天目登临天目开[2]，

从今慧眼观十界[3]。

未来来者皆如来[4]，

不了了之方自在。

---

① 余多年前曾游西天目山，昨日又有幸登临东天目，探林壑之幽，享山水之乐，观人文之盛，不亦快哉！

② 天目：天眼，为“五眼”之一。因为是天趣之眼，故名天眼。《观无量寿经》曰：“未得天眼，不能远观。”

③ 慧眼：亦为“五眼”之一。“以慧眼观诸法皆虚妄，唯涅槃为实”。十界：地狱、饿鬼、畜生、阿修罗、人、天、声闻、缘觉、菩萨和佛。前六项称为“六凡”，后四项称为“四圣”，合称为“六凡四圣”。

④ 如来：佛的十大称号之一。《成实论》卷一：“如来者，乘如实道来成正觉，故曰如来。”

记伯牙东海学琴[①]

（2016 年 11 月 11 日）

问道成连习鼓琴，

三年犹恨不专精。

潮倾东海悲林鸟，

曲尽高山流水音。

① 吴兢《乐府古题要解》下卷《水仙操》载，伯牙曾从成连学琴，三年不能精通。成连因与伯牙同往东海蓬莱山，使之闻海水激荡、林鸟悲鸣之音，伯牙得到启发，情致专一，终成天下妙手。

戏题画作

（2016 年 11 月 12 日）

满纸龙蛇走，

欲追黄子久[①]。

不为执戟郎[②]，

愿做丹青手。

---

① 黄子久：黄公望，元代全真派道士、画家。字子久，号一峰道人，又号大痴道人，一说为常熟人。其山水画宗法董源、巨然，自创一格，画风雄秀、简逸、明快，对明清山水画影响甚大，为“元四家”之首。

② 执戟郎：《史记·淮阴侯列传》载，“臣事项王，官不过郎中，位不过执戟。”秦汉郎官中有中郎、侍郎、郎中等，负责执戟宿卫殿门，故称执戟郎。

读东坡文，知蜀中桤木大有益处[①]

（2016 年 11 月 12 日）

迎风发发动行人，
落叶肥田亦中薪。
桤木悬知非散木，
三年十亩溪边荫。

① 苏轼《书杜诗堂成并跋》：“蜀中多桤木，读如欹仄之欹。散木也，独中薪耳。然易长，三年乃拱。故子美诗云：‘饱闻桤木三年大，为致溪边十亩阴。’凡木所蔽，其地则瘠，惟桤不然。叶落泥中辄腐，能肥田，甚于粪壤，故田家喜种之。得风叶声发发如白杨也”。

游惠州西湖见苏东坡与爱妾王朝云塑像

（2016 年 7 月 16 日）

身世相违又何愁[1]，
朝云自可解千忧。
前生应是施家女[2]，
故把西湖移惠州[3]。

---

① 苏东坡时常感叹自己身世相违，如：“我今身世两相违，西流白日东流水。”（《寓居合江楼》）

② 施家女：指西施。

③ 惠州西湖原名丰湖，北宋绍圣元年（1094 年）苏东坡被贬惠州时，把丰湖改称为西湖。

观南海局势

（2016 年 7 月 19 日）

作浪兴风总不休，
豺貉早已共一丘。
料无战事生南海，
我有上兵善伐谋[①]。

① 《孙子兵法·谋攻篇》："故上兵伐谋，其次伐交，其次伐兵，其下攻城。攻城之法为不得已。"上兵：上乘用兵之法。伐：进攻、攻打。谋：谋略。伐谋：以谋略攻敌赢得胜利。用兵的最高境界是用谋略战胜敌人。

读吴兄《最后的醇儒》

（2016 年 11 月 17 日）

师恩浩荡弥足珍，

前路导之后继承。

曾把丹心托冷月①，

却从扫地见斯文。

① 《清诗纪事》："我本将心向明月，奈何明月照沟渠。"

江山村纪行[1]

（2016 年 11 月 23 日）

十万山头别有村，
逢人尽道芙蓉城[2]。
悬河入地三千尺，
古木参天五百春。
四面茶花夺雪色，
八方枫叶照朱唇。
留同翁媪说秦后[3]，
丈室安禅寄化身[4]。

---

① 舒城县江山村位于大别山腹地，为舒城、桐城、潜山三县交界处。山高林茂，云雾缭绕，如同仙境。黄石岩瀑布奔腾而下，如雷轰鸣；老银杏树枝繁叶密，高耸入云，相传有五百岁之久。此地盛产茶油，从冬至春茶花如雪，并与火红的杜鹃花交相辉映。

② 芙蓉城：古代传说中的仙境。

③ 诗将江山村中的翁媪比作陶渊明笔下桃花源中之人，桃花源中人乃“先世避秦时乱，率妻子邑人来此绝境，不复出焉，遂与外人间隔”，所以“不知有汉，无论魏晋”。

④ 安禅：指静坐入定，俗称打坐。化身：佛三身之一，指佛、菩萨为化度众生，在世上现身说法时变化的种种形象。

游红石谷，饮瓜片茶[①]

（2016 年 12 月 2 日）

每逢佳境便和南[②]，

天赐丹青在六安。

明月一川思共饮，

清风七碗欲逃禅[③]。

---

① 红石谷：地处大别山北麓丘陵地带，最高峰齐山（又称齐头山）海拔 804 米，境内山林密布，流水不歇，森林覆盖率高达 95% 以上。此地为大别山国家地质公园，是中国十大名茶六安瓜片的原产地。

② 和南：佛教用语，佛门称稽首、敬礼为和南。

③ 明代文人李东阳、萧显、李士实三人作《咏六安茶》联句云："七碗清风自六安，每随佳兴入诗坛。"

舒城万佛湖上作

（2016 年 12 月 3 日）

喜从湖上觅新诗，

造化丹青两不欺。

何必更搜旧粉本，

皖西山水是吾师。

六安红石谷道中作

（2016年12月4日）

许我画髓不画皮[1]，

任由退笔出天机。

丹青翰墨聊尔耳[2]，

翠竹黄花待品题[3]。

---

① 《景德传灯录》载，达摩对诸弟子的评价为“得吾皮”“得吾肉”“得吾骨”，而对慧可的评价最高，认为是“得吾髓”。

② 聊尔耳：意为聊且如此。《世说新语·任诞》载：阮仲容“以竿挂大布犊鼻裈于中庭。人或怪之，答曰：‘未能免俗，聊复尔耳。’”

③ 古德曾云：“青青翠竹，尽是法身；郁郁黄花，无非般若。”品题：意为观赏、玩赏。明王九思《山坡羊·春游》曲：“垂杨影里青骢系，倚杖藜，春光细品题。”清钮琇《觚剩·石言》：“主人方盘礴其间，穷日达晨，摩挲品题，乐以忘贫。”

题《多宝塔碑》[1]

（2016年12月15日）

银钩铁画出天宝[2]，

回风游龙生楮毫[3]。

元气淋漓谁是主，

艺坛自有汉萧曹[4]。

① 《多宝塔碑》：唐颜真卿书。碑首题“大唐西京千福寺多宝佛塔感应碑文”，天宝十一年（752年）刻，后移西安碑林，今尚存。

② 银钩铁画：指书法点画既刚劲又柔媚。唐欧阳询《用笔论》云：“徘徊俯仰，容与风流，刚则铁画，媚若银钩。”

③ 世人常用曹植《洛神赋》中“翩若惊鸿，婉若游龙”一语赞美王羲之的书法。“回风”犹言舞凤、翔凤。“回”意为环绕、旋转。东坡诗云：“酒酣复拜千金赐，一纸惊鸾回风字。”楮毫：纸与笔。

④ 萧曹：汉代的萧何和曹参。唐高适《自淇涉黄河途中作》诗云：“力争固难恃，骄战曷能久。若使学萧曹，功名当不朽。”

读《庄子·列御寇》，知骊珠之无价[①]

（2016年12月16日）

隋珠弹雀真枉然[②]，

何似摩尼照大千[③]。

愿伴南华探海眼[④]，

骊龙颔下九重泉。

---

① 骊珠：传说出自骊龙颔下，故名。《庄子·列御寇》："夫千金之珠，必在九重之渊，而骊龙颔下。"唐温庭筠《莲浦谣》："荷心有露似骊珠，不是真圆亦摇荡。"

② 隋珠：《搜神记》卷二十载，隋侯出行，见大蛇被伤，中断，疑其灵异，使人以药封之，蛇乃能走，因号其处断蛇邱。岁余，蛇衔明珠以报之，故谓之"隋侯珠"。"隋珠弹雀"典出《庄子集释》卷九下《杂篇·让王》："以隋侯之珠，弹千仞之雀。"用夜明珠去弹鸟雀，比喻得不偿失。

③ 摩尼：摩尼宝珠。《三藏法数》载，梵语摩尼，又云末尼，华言离垢。此宝光净，不为尘垢所染。另据《杂宝藏经》卷六载，如意宝珠出自摩竭鱼之脑中，而《大智度论》卷五十九说此珠或由龙王之脑中而出，说法不一。大千：为"大千世界"的简称。

④ 唐玄宗天宝元年（742年）追封庄子为南华真人，称《庄子》为《南华真经》。海眼：又称"归墟"。《山海经》载，在"渤海之东"的茫茫大海上有一个无底之谷，名曰"归墟"。据说世界上所有河流，甚至连天上银河中的水，最后都汇集到这里，但归墟里的水并不因此而有一丝一毫的增减。

赴广州途中赠志远仁兄①

（2016年12月16日）

从君卅载问天游，

再享丹青三十秋。

青李来禽寻旧赏②，

隐几坐忘学禅修。

① 我与志远兄相识30年，今同赴广州，一路畅谈，并约再结30年丹青之游。志远兄对我倡导的“以笔墨作参禅之阶”的禅意书画亦颇为认同。

② 青李来禽：指王羲之的《青李来禽帖》，又名《青李帖》。

乡　愁

（2016 年 12 月 20 日）

乡愁一何浓！

关山几万重？

我心如寸草，

化作双橘红。

冬至日什刹海书院即兴

（2016 年 12 月 22 日）

说至何曾至，

当来确已来。

幽幽什刹海，

冉冉一阳开。

苻坚以十万之众延道安入长安[1]

（2016年12月23日）

声名无奈动秦王，

四海弥天谁短长[2]？

道场一如古战场，

精兵十万下襄阳[3]。

① 道安（312～385）：东晋时代杰出的佛教学者，12岁出家，后事佛图澄为师，甚受赏识。道安著述、译经甚丰，对佛教贡献很大。自汉以来，佛学有两大系，一为禅法，一为般若，道安实为二系之集大成者。他提倡“本无”（即性空）之学，为般若学六家之一；确立戒规，主张僧侣以“释”为姓，为后世所遵行。弟子甚多，遍布南北，慧远、慧持等名僧皆出其门下。

② 习凿齿（328～412）：东晋著名史学家、文学家，精通玄学、佛学、史学。在道安抵襄阳之前，习凿齿亦久闻道安之名，故特意修书通好并前往拜访，自我介绍说：“四海习凿齿。”道安应声回答：“弥天释道安。”二人机锋相对，禅意盎然，时人称许，以为名对。

③ 东晋孝武帝太元四年，前秦苻坚攻克襄阳时说：“朕以十万之师攻取襄阳，唯得一人半。”此“一人”即道安，“半”指的是习凿齿。

昔夜宿普陀山，后作画每每有潮声在耳

（2016年12月26日）

洛迦山岛夜听涛[①]，
楮墨至今留海潮[②]。
净水杨枝君记否[③]？
已然幻作中山毫[④]。

---

① 洛迦山：位于普陀山东南约5.3公里处，传为观世音菩萨发迹、修行之圣地。《华严经》载："于此地方有山，名补怛洛迦，彼有菩萨，名观自在。"

② 楮墨：纸与墨，借指诗文或书画。唐刘知几《史通·暗惑》："无礼如彼，至性如此，猖狂生态，正复跃见楮墨间。"

③ 净水杨枝：古代印度风俗，凡邀请宾朋，先赠杨枝及香水等祝其健康。佛教中观音菩萨也以杨枝净水为众生治病，故后世为观音菩萨造像时，手里总是拿着杨枝和净水宝瓶。

④ 中山毫：用中山兔毛所制之笔，常用为名笔之代称。唐李白《殷十一赠栗冈砚》："殷侯三玄士，赠我栗冈砚。洒染中山毫，光映吴门练。"

腊八亦传为佛陀成道日[①]

（2017 年 1 月 5 日）

一麻一麦苦修行，

六载雪山病瘦身。

幸有乳糜能果腹，

菩提树下惊天人。

① 《普曜经》和《因果经》记载，佛祖释迦牟尼成道以前曾在雪山苦行六年，每天只吃一麻一麦。修持苦行使得身形消瘦，有如枯木，然犹未得道，遂知苦行亦非究竟。于是来到尼连禅河，受牧女乳糜之供。食毕，恢复体力。澡浴已，于菩提树下敷草为座，誓言“不成正觉，终不起座”。

林逋养梅蓄鹤，令人神往[①]

（2017 年 1 月 7 日）

瓦罐谁留天地春？
孤山犹记种梅人。
林间鹤羽知何去？
冢上苔痕叹日新。
清浅西湖疏影动，
黄昏夜月暗香存。
兹来欲写花千树，
朵朵无非处士魂。

---

① 林逋（967～1028）：字君复，又称和靖先生，北宋著名诗人，所作“疏影横斜水清浅，暗香浮动月黄昏”为传世名句。林氏性孤高，喜恬淡，不趋荣利。曾漫游江淮间，后隐居杭州西湖，结庐孤山，终生不仕不娶。爱植梅养鹤，自谓“以梅为妻，以鹤为子”，人称“梅妻鹤子”。林氏曾于房前屋后植梅树 360 棵，每树所结梅子卖后所得之钱便存入一个瓦罐，如此每罐正好供一日之开销。

悼叶毓山先生[①]

（2017 年 1 月 7 日）

当年造像功德高，
兜率天宫又见招。
过尽春秋五十亿，
龙华树下礼白毫[②]。

① 惊闻叶毓山先生病逝，万分悲痛！叶先生是四川美院的老院长、著名雕塑家。十多年前，我和叶先生应乐山大佛景区管委会邀请，一起参与修建景区山门，我负责“弥勒世界”的设计，叶先生负责弥勒像的雕塑。如今叶先生仙逝，我以为一定是往生兜率天宫听弥勒说法，将来再随弥勒下生。

② 白毫：白毫相，是如来三十二相之一，这里指弥勒佛。弥勒是释迦牟尼佛的弟子，先行灭度。释尊预言，弥勒将于兜率天宫为天人说法，直到五十六亿年后下生成佛，于龙华树下三会说法，度尽一切众生。

忆儿时可笑之事

（2017年1月9日）

狂妄当年夸海口，
纵横天下博封侯[①]。
才疏志大总堪笑，
愧对翩翩马少游[②]。

① 余生于大别山区，少时家贫，衣食不周，然受家父影响，喜读《三国》《水浒》。或一日，当地许裁缝来访，问余日后志向，余脱口答曰："愿单人独马，纵横天下！"数十年过去，如今真成为一匹老马矣。可笑！可笑！

② 《后汉书·马援传》载，援从容谓官属曰："吾从弟少游常哀吾慷慨多大志，曰：'士生一世，但取衣食裁足，乘下泽车，御款段马，为郡掾史，守坟墓，乡里称善人，斯可矣。致求盈余，但自苦耳。'"

忆孤山访梅

（2017 年 1 月 14 日）

铮铮老干千年藓，
落落新枝几点香。
鹤子梅妻成旧忆[①]，
孤山犹自赏孤芳。

① 宋代诗人林逋隐居杭州孤山时，植梅养鹤，并以梅为妻，以鹤为子，清高自适。

赴荔波探梅并示诸君

（2017 年 1 月 17 日）

烦君且驻黔南春，
我欲轻装万里行。
相聚荔波无限意，
梅花树下长精神。

贵州荔波访古梅[①]

（2017 年 1 月 18 日）

铁树琼花接晓雾，
天心犹许香如故。
不辞长做黔南人，
只为野梅两万亩。

① 中国荔波第十二届梅花节系列庆典活动，在洞塘梅园君子台举行，本人应邀为梅花节题写“访梅问道”“万亩梅原”。据介绍，荔波县有野梅 2.5 万亩，来此访梅、咏梅、画梅者，不亦乐乎！

荔波三百年梅花树下作[1]

（2017年1月20日）

敢劳仙子喜相迎[2]，

谓我梅花之化生[3]。

时人好作子真论[4]，

今日始觉树有神。

---

① 贵州荔波县有野梅2.5万亩，举世罕见。昨日见一老梅，两人合抱之粗，九干盘空，琼花点点，冠荫可蔽九牛，向导说树龄已在三百年之上。余久立树下，恍惚间见梅花仙子笑脸相迎，称我为梅花化生。

② 隋代赵师雄游罗浮山时，夜里梦见与一位素装女子一起饮酒，又有一位绿衣童子在旁歌舞。天亮后发现自己睡在一棵大梅花树下，树上有绿鸟欢唱。原来梦中的女子就是梅花树，绿衣童子便是翠鸟。

③ 佛教有胎生、卵生、湿生、化生之说。所谓“化生”，指无所依托，唯依业力而起者。

④ 范缜（约450～515）：字子真，南北朝时期杰出的无神论者。“子真论”即无神论。

荔波君子台赏梅

（2017 年 1 月 20 日）

洞塘四度我曾来，

踏月独登君子台。

草木无情应有性[①]，

梅花道场佛国哉！

① 无情、有性：指草木瓦砾等无情之物也有佛性，即所谓“草木成佛”。关于无情识之物是否有佛性的问题，在佛教中争议很大，争议的关键在于怎样理解佛性这一概念。如果将佛性定义为根本觉性的话，无情自然不具备佛性；如果将佛性理解为真如理性，则有情与无情同具佛性。

别荔波诸友[①]

（2017年1月21日）

荔波八日如一瞬，
七孔桥头忘世情[②]。
尚有寸心留不去，
别时梅子未生人[③]。

---

① 1月14日至21日，本人应盈科集团梅向荣先生邀请，在第十二届荔波梅花节期间举办个人梅花画展。画展得到荔波县委、县政府的鼎力支持。

② 大七孔、小七孔为荔波著名的旅游景点。

③ 人：果实之心。《说文通训定声》："果实之人在核中，如人之在天地之中，故曰人。俗以仁为之。"

夜宿舜耕山庄，与济南诸友相聚[①]

（2017 年 1 月 26 日）

相逢历下二十秋，

共看湖山出细流。

尧日舜天君记否？

晴时耕种雨读书。

① 我和戴勇初次拜访海龙兄至今已近二十年矣。通过海龙又结识传东兄和郑军兄，并被聘为舜耕山庄文化顾问。昨日携妻儿回皖过年，途经济南，夜宿山庄，与弟兄们相聚，且得张镇弟陪伴，深感其乐融融！

春节期间驱车南行，一路访梅问道

（2017 年 1 月 30 日）

复始初阳欲自寻[①]，
轻车一路逐温存。
年前我已问芳信，
庾岭野梅正返魂[②]。

---

① 初阳指农历十一月冬至以后、立春以前的一段时间。此时阳气初动，故称“初阳”。《孔雀东南飞》：“往昔初阳岁，谢家来贵门。”

② 大庾岭亦称庾岭、台岭、梅岭、东峤山，中国南部山脉，“五岭”之一，位于江西与广东两省边境，为南岭的组成部分，古代以梅花著称于世。返魂：东方朔《海内十州记》载，汉武帝时，西域月氏国贡返魂香。燃此香，“死者将能起之，及闻气者即活”。后常用以形容梅香。苏轼《次韵杨公济奉议梅花十首》之四有“谁信幽香是返魂”句。

过冶父山[①]

（2017 年 2 月 2 日）

冶父山头试剑台，

至今寒气满江淮。

烦君为铸如椽笔，

铁画银钩亦壮哉[②]！

---

① 冶父山：位于安徽省庐江县境内，峰峦叠翠，庙宇辉煌，古迹遗存，佳传甚多，有“江北小九华”之称。据传春秋时，铸剑之父欧冶子曾在此山铸剑，山上存有铸剑池古迹，因此得名冶父山。

② 铁画银钩：唐欧阳询《用笔论》载，“徘徊俯仰，容与风流，刚则铁画，媚若银钩。”

初七日夜宿景德镇，看满街瓷器[①]

（2017 年 2 月 4 日）

如烟细雨入昌南，
共看青白与净坚。
且喜红炉生烈焰，
直从浴火得涅槃。

① 景德镇：古称瓷都。东汉时期，前人便在昌南（景德镇）建造窑坊，烧制陶瓷。到了唐朝，由于昌南土质好，工匠们又吸收南方青瓷和北方白瓷的优点创制出一种青白瓷。

初八日至东林寺，久久徘徊于虎溪[1]

（2017年2月5日）

三笑何曾笑？
虎溪非虎溪[2]。
尚有东林壁，
空空待谁题[3]？

---

① 虎溪：在庐山东林寺前，相传晋僧慧远居东林寺时，送客不过溪。一日陶渊明、陆修静来访，与语甚契，相送时不觉过溪，虎辄号鸣，三人大笑而别。后人于此建“三笑亭”。唐英（1682～1756）题庐山东林寺三笑亭联云：桥跨虎溪，三教三源流，三人三笑语；莲开僧舍，一花一世界，一叶一如来。

② 佛教般若学有类似“我说虎溪，即非虎溪，是为虎溪”的说法。

③ 苏东坡有《题西林壁》一诗：“横看成岭侧成峰，远近高低各不同。不识庐山真面目，只缘身在此山中。”

游东林寺

（2017 年 2 月 6 日）

最喜东林寺里钟，

梵音常伴六朝松①。

虎溪不辨三人影②，

莲社犹图十八公③。

---

① 六朝松：东林寺三笑堂前有古松一棵，虬枝盘结、树影婆娑。传说此松为慧远大师亲手所植，本名为“罗汉松”，已有 1600 多年历史。

② 虎溪：在庐山东林寺前，相传晋僧慧远居东林寺时，送客不过溪。一日陶渊明、陆修静来访，与语甚契，相送时不觉过溪，虎辄号鸣，三人大笑而别。

③ 东晋元兴元年（402 年），慧远法师邀集 123 人在阿弥陀佛像前建斋立誓，令刘遗民著《发愿文》，专修念佛三昧，期往西方净土，其中最著名的 18 人，世称“十八高贤”。宋李公麟曾作十八高贤图。

初八日宿庐山，初九日游仙人洞等处

（2017年2月7日）

匡庐别是一宇宙[1]，

才到已涤昨日垢。

境界现前只自知，

白云无意青山寿。

① 庐山又名匡山、匡庐。

正月十一访武当山金顶，遇大雪纷飞[1]

（2017年2月8日）

真武大帝荡魔尊[2]，
道法初传紫元君。
一去净乐四十载，
功成果满自飞升。
仗剑散发目如电，
金锁甲胄百丈身。

---

① 武当山：道教圣地，位于湖北省十堰市丹江口境内。武当山又名太和山、谢罗山、参上山、仙室山。明代，武当山被皇帝封为“大岳”“治世玄岳”，被尊为至高无上的“皇室家庙”。武当山以“四大名山皆拱揖，五方仙岳共朝宗”的“五岳之冠”的显赫地位闻名于世。

② 真武大帝：又称玄天上帝、玄武大帝、佑圣真君玄天上帝、荡魔天尊、九天荡魔祖师、无量祖师，全称真武荡魔大帝，是中国神话传说中的北方之神，为道教神仙中赫赫有名的玉京尊神。现在湖北武当山供奉的主神就是真武大帝，道经中称他为“镇天真武灵应佑圣帝君”，简称“真武帝君”。中国民间称荡魔天尊、报恩祖师、披发祖师。真武大帝的形象非常威武，其身长百尺，披散着头发，金锁甲胄，脚下踏着五色灵龟，按剑而立，眼如电光，身边侍立着龟蛇二将及记录着三界功过善恶的金童玉女。据载，真武大帝是太上老君的化身，托生于大罗境上无欲天宫之净乐国，乃国王之子。净乐国善胜王后梦见自己吞日而孕，怀胎14个月之后，生下一王子，国王和王后喜爱之极，并将他取名为“太玄”。

龟蛇二将亦神勇，
统摄三界镇幽冥。
我来问道太和宫[①]，
漫天飞雪蔽长空。
游人鱼贯相上下，
冰花开向天柱峰[②]。
古来得道能几人？
到此欲学阴长生[③]。
周行六合九垓上[④]，
口宣无量朝玉京[⑤]。

---

① 武当山太和宫整个建筑处于孤峰峻岭之上，殿宇楼堂依山傍岩，结构精巧，布局巧妙，四周峰峦叠嶂，起伏连绵，烟树云海，气象万千。

② 武当天柱峰又名金顶，因顶上有金殿而得名。其巅峰拔空峭立，犹如一根宝柱雄屹于众峰之中，有“一柱擎天”之名。

③ 阴长生：东汉新野人，喜道术，向著名方士马鸣生学道，得授点土成金、长生不老之术，后携妻及家眷在酆都平都山羽化登天。

④ 六合：指上下和四方，泛指天地或宇宙。“九垓”亦作“九畡”“九陔 ”，中央至八极之地。晋葛洪《抱朴子·审举》：“今普天一统，九垓同风。”

⑤ 玉京：道家所说的天帝所居之处，也泛指仙都。

正月十二途经襄阳，因赶路过隆中不入

（2017年2月9日）

垄亩荒芜久不耕[①]，
三家霸业亦成尘[②]。
隆中若有闲田地，
我欲效颦散淡人[③]。

---

① 《三国志·蜀志·诸葛亮传》：“亮躬耕陇亩，好为《梁父吟》。身高八尺，每自比于管仲、乐毅，时人莫之许也。惟博陵崔州平、颍川徐庶元直与亮友善，谓为信然。时先主屯新野。徐庶见先主，先主器之，谓先主曰：‘诸葛孔明者，卧龙也，将军岂愿见之乎？’”

② 三家霸业：指魏、蜀、吴三国争霸。

③ 京剧《空城计》中诸葛亮唱道：“我本是卧龙冈散淡的人。”

谢友人赠陈年普洱，尝后觉两腋生风

（2017 年 2 月 22 日）

龙团胜雪总难寻①，

一片万钱吾自珍。

腋下生风须谨慎②，

金花入水最销魂③。

---

① 龙团胜雪：《宣和北苑贡茶录》记载，“宣和庚子岁，漕臣郑公可简始创为银丝水芽。盖将已拣熟芽再为剔去，只取其心一缕，用珍器贮清泉渍之，光明莹洁，若银线然。其制方寸新銙，有小龙蜿蜒其上，号龙团胜雪。”

② 卢仝《七碗茶》：“一碗润喉吻，两碗破孤闷。三碗搜枯肠，唯有诗书五千卷。四碗发轻汗，平生不平事，尽向毛孔散。五碗肌骨清，六碗通仙灵。七碗吃不得也，唯觉两腋习习清风生。”

③ 金花：老普洱茶以生有金花者为优。

支遁[①]

（2017年2月24日）

一流人物是何人[②]？
即色游玄东晋僧。
道是缁衣总倜傥，
如驹神俊鹤凌云[③]。

---

① 支遁（314～366）：字道林，世称支公，亦称林公，别号支硎。东晋高僧。魏晋时代玄学流行，名士清谈蔚然成风。支遁通老庄，精佛学，曾著《圣不辩之论》《道行旨归》《学道戒》《即色游玄论》，提出“即色本空”思想，创立般若学即色义，成为当时六家七宗中即色宗的代表人物。

② 名士王濛将支遁比为“佛界王弼、何晏”，称赞其为“一流人物”。

③ 《世说新语·言语》：支道林常养数匹马。或言道人畜马不韵，支曰：“贫道重其神骏。”又：“支公好鹤……有人遗其双鹤。少时翅长欲飞，支意惜之，乃铩其翮。鹤轩翥不复能飞，乃反顾翅垂头，视之如有懊丧意。林曰：‘既有陵霄之姿，何肯为人作耳目近玩？养令翮成，置使飞去。’”

竺道潜[①]

（2017 年 2 月 24 日）

风流非汝又何人，

玄义曾经动简文。

和尚已得不二法[②]，

故将蓬户等朱门[③]。

① 竺道潜：竺法深，东晋六家七宗中本无异宗的代表人物，名潜，或称道潜，字法深。俗姓王，琅琊郡人。18 岁便出家，24 岁时独自登坛讲学，所讲《正法华经》《大品般若经》义理深奥，剖析明白，前来听讲受业者济济一堂，多达五六百人。

② 不二法门：佛家用语，指平等而无差异之至道。《维摩诘经·人不二法门品》："如我意者，于一切法无言无说，无示无识，离诸问答，是为人不二法门。"

③ 《世说新语·言语》载："竺法深在简文坐，刘尹：'问道人何以游朱门？'答曰：'君自见其朱门，贫道如坐蓬户。'"

闻舟儿考取中央美术学院硕士研究生二首

（2017 年 2 月 25 日）

其 一

桂籍来报已登名[①]，

世界顿觉百媚生。

寂寞长康千载后[②]，

斯人又作女儿身。

① 桂籍：原指科举登第人员的名籍，此处指录取通知书。宋徐铉《庐陵别朱观先辈》："桂籍知名有几人，翻飞相续上青云。"

② 顾恺之（348 ~ 409）：字长康，小字虎头，汉族，晋陵无锡人。顾氏博学多才，擅诗赋、书法，尤擅绘画。谢安深重之，以为苍生以来未之有。顾氏与曹不兴、陆探微、张僧繇合称"六朝四大家"。顾恺之作画意在传神，其"迁想妙得""以形写神"等观点，为中国传统绘画的发展奠定了基础。

其　二

心源造化苦追寻[①]，

又与真人作弟昆。

应是虎头多变幻，

吾家也有小麒麟[②]。

① 心源造化：唐画家张璪称“外师造化，中得心源”，所谓“造化”是指大自然，“心源”则指人内心的感悟。也就是说，画家应以大自然为师，再结合内心的感悟，从而创作出好的作品。

② 小麒麟：麒麟之子，常用来称人子之聪慧。《陈书·徐陵传》：陵年数岁，宝志摩其顶曰：“天上石麒麟也。”杜甫《徐卿二子哥》：“孔子释氏亲抱送，并是天上麒麟儿。”

种瓠偶得

（2017 年 3 月 1 日）

又见园中蔬，

青藤绕旧庐。

安得五石瓠，

日夜浮江湖[①]。

① 《庄子·逍遥游》载，“惠子谓庄子曰：‘魏王贻我大瓠之种，我树之成，而实五石。以盛水浆，其坚不能自举也。剖之以为瓢，则瓠落无所容。非不呺然大也，吾为其无用而掊之。’庄子曰：‘夫子固拙于用大矣。……今子有五石之瓠，何不虑以为大樽，而浮于江湖，而忧其瓠落无所容？则夫子犹有蓬之心也夫！’”

社科院笔会即席作

（2017 年 3 月 11 日）

诸君如椽笔，
牛弩发机簧。
万毫相聚散，
七墨交辉煌。
醉素宜方驾，
颠张欲共狂。
云烟迷漫处，
四顾何茫茫。

院中即景

（2017 年 3 月 14 日）

最爱百舌绕树鸣，
红千紫万十分春
嫣然一院好风景，
犹记花前莫晒裩①。

① 裩：也作“裈”，即“犊鼻裩”，简称“犊鼻”“犊裩”。一说为短裤，一说为围裙，形如犊鼻，故名。李义山《杂纂·杀风景》：“花间喝道，看花泪下，苔上铺席，斫却垂柳，花下晒裩，游春重载，石笋系马，月下把火，妓筵说俗事，果园种菜，背山起楼，花架下养鸡鸭。”

新得灵璧石，状如斧劈折带，百看不厌

（2017 年 3 月 18 日）

丑石无语如幽人①，

莫怪襄阳趋下尘②。

大有虚明通委羽③，

斧劈折带谁家皴④。

---

① 幽人：一指幽隐之人，即隐士；二指幽居之士。《易·履》："履道坦坦，幽人贞吉。"孔颖达疏："幽人贞吉者，既无险难，故在幽隐之人守正得吉。"《后汉书·逸民传序》："光武侧席幽人，求之若不及。"

② 襄阳：米芾（1051～1107），初名黻，后改芾，字元章，又称"米襄阳""米南宫"，时人号"海岳外史"。北宋书法家、画家、书画理论家，与蔡襄、苏轼、黄庭坚合称"宋四家"。能诗文，擅书画，精鉴别。其个性怪异，举止颠狂，遇石称"兄"，膜拜不已，因而人称"米颠"。下尘：谦词，下风。《战国策·楚策二》："三十余万弊甲钝兵，愿承下尘。"

③ 杜光庭《洞天福地岳渎名山记》："第二，委羽洞大有虚明天，周回万里，司马季主所理，在武州。"

④ 斧劈：斧劈皴，唐李思训所创之勾勒方法，笔线遒劲，运笔多顿挫曲折，有如刀砍斧劈，故称为斧劈皴。折带：折带皴，用侧锋卧笔向右行，再转折横刮，向左行可逆锋向前，再转折向下，画出的墨线如"折带"，故以名之。

龙泉寺古银杏树

（2017年3月20日）

大千世界本非真，

业感无端眩世人[1]。

君看煌煌两银杏，

雌雄等是女儿身[2]。

---

① 业感：业感缘起，指世间一切现象与有情的生死流转，皆由众生之业因所生起。

② 龙泉寺有雌雄银杏两株，已历千载。据贤才法师介绍，如今雄树也能结果，游人争拣，令人叹为稀有。

龙泉寺见机器僧贤二[①]

（2017 年 3 月 20 日）

龙泉寺古实维新，
贤二俨然小慧能。
道是无情却有性[②]，
逢人说法动京城。

---

① 昨日应邀至京西龙泉寺，与写经班同学分享“禅意书画”，并创作“龙泉雅集”“目击道存”两幅书法。中午僧俗共进午餐。饭后由贤才、贤哺法师陪同，参观三慧堂、图书馆、动漫制作中心。参访中，看到机器僧贤二讲说佛法，甚是可爱。回家后，国侠嘱余作诗记之，遂成此一绝。

② 湛然曾作《金刚錍》，提出“无情有性”学说。

与晓峰同饮

（2017年3月20日）

晓峰真能饮，
日日伴圣贤[①]。
三杯才入口，
已与道往还[②]。
醉游京西路，
闲卧白云边。
我虽不胜酒，
微醺亦陶然。

① 圣贤：此处指酒。《三国志·魏书·徐邈传》："时科禁酒，而邈私饮至于沈醉。校事赵达问以曹事，邈曰：'中圣人'。达白之太祖，太祖甚怒。度辽将军鲜于辅进曰：'平日醉客谓酒清者为圣人，浊者为贤人，邈性修慎，偶醉言耳。'竟坐得免刑。"

② 李白《月下独酌四首》之二："三杯通大道，一斗合自然。"

佛教典籍研讨会暨梵典宫揭牌仪式即兴作

（2017年3月24日）

上搜碧落下八荒[①]，
七宝重登大雅堂[②]。
且以摩尼照浊水[③]，
直从原典著文章。
斧斤无奈琢肝肺，
出处自当付渺茫。
前世头陀今世我[④]，
痴情还似长江长。

① 碧落：道教语，指的是东方第一层天。一般泛指天上、青天。八荒也叫八方，指东、西、南、北、东南、东北、西南、西北等八面方向，指离中原极远的地方。

② 七宝：砗磲、玛瑙、水晶、珊瑚、琥珀、珍珠、麝香七种。不同的经书所记的七宝不尽相同，鸠摩罗什译的《阿弥陀经》所说七宝为金、银、琉璃、玻璃、砗磲、赤珠、玛瑙。玄奘译《称赞净土经》所说七宝为金、银、吠琉璃、颇胝迦、牟娑落揭拉婆、赤真珠、阿湿摩揭拉婆。《般若经》所说的七宝是金、银、琉璃、珊瑚、琥珀、砗渠、玛瑙。《法华经》所说的七宝是金、银、琉璃、砗渠、玛瑙、真珠、玫瑰。此处以七宝指梵典宫的收藏。

③ 摩尼：摩尼宝珠。

④ 头陀：原指佛教僧侣所修的苦行，后世也指行脚乞食的僧人。

游诸暨西子浣纱处二首[1]

（2017年3月27日）

一

溪畔浣纱见未曾，
寻芳空到苎萝村。
人间百态谁堪忍，
昨日效颦今笑贫。

二

曾凭国色洗国耻，
感慨朱颜伴鸱夷。
屐舞难留西子响，
沉鱼尚见东家施。

---

① 诸暨苎萝村鬻柴者有女，因居村西，故称西施，貌若天仙，为古今美人第一。西子病心而颦，村东丑女见而美之，亦捧心效颦，富人见之，闭户不出；贫人见之，挈妻子而去。此即所谓东施效颦。西施尝浣纱于水上，鱼为之沉，故有沉鱼之说。越王勾践图复国，以吴王好色，乃用范蠡谋，遍访国中美色，得西施献于吴王夫差。吴王嬖之，日事游乐而废朝政，亲佞幸而远贤良，终至国破身亡。吴既灭，勾践以西子为亡国尤物，浮西子于江，令随鸱夷以终。鸱夷者，伍子胥死而盛以鸱夷，其死西子有力，故沉西子以报子胥之忠。《墨子》曰："吴起之裂，其功也；西施之沉，其美也。"

九里山访王冕旧居[①]

（2017年4月2日）

闲田数亩自躬耕，
破帽绿蓑岭上云。
种藕植梅皆画稿，
骑牛观史本狂生。
世间难觅幽人迹，
尘外尚存淡墨痕[②]。
九里山头一片月，
相逢尽道是前身[③]。

---

① 王冕（1287～1359）：字元章，号煮石山农，浙江诸暨枫桥人，元朝著名画家、诗人。王冕行事异于常人，戴高帽，身披绿蓑，足穿木屐，手提木剑，引吭高歌，往返于市中。或骑黄牛，持《汉书》诵读，人以狂生视之。著作郎李孝光荐作府吏，冕称："我有田可耕，有书可读，奈何朝夕抱案立于庭下，以供奴役之使！"老友秘书卿泰不华荐以官职，亦不就。遂隐居会稽九里山，种梅千株，筑茅庐三间，题为"梅花屋"，自号"梅花屋主"，以卖画为生。

② 王冕《墨梅》："我家洗砚池边树，朵朵花开淡墨痕。不要人夸好颜色，只留清气满乾坤。"

③ 清金农《画梅》："老梅愈老愈精神，水店山楼若有人。清到十分寒满把，始知明月是前身。"

明前赴杭州超山访唐梅、宋梅，并谒吴昌硕先生墓

（2017年4月2日）

超山北麓大明堂①，
曾见花发唐宋香。
一月安东归去后②，
缶翁已换铁石肠③。

---

① 杭州超山：此地以梅著称，尤其是大明堂前的唐梅和宋梅，名跻中国五大古梅之列。吴昌硕先生名俊卿，别号缶庐、苦铁，生前酷爱超山梅花，并作《忆梅》：“十年不到香雪海，梅花忆我我忆梅。何处买棹冒雪去，便向花前倾一杯。”1927年病逝后，即葬于超山，与梅为伴。

② 吴昌硕53岁时，得友人推荐为江苏安东县令，一个月后因不习惯官场奉迎毅然辞官，并刻“一月安东令”印自嘲。东晋陶渊明曾做80天的彭泽县令，也因为“不肯为五斗米折腰”而弃官。相较陶氏，吴昌硕又刻一印，称“弃官先彭泽令五十日”。

③ 铁石肠：喻梅花精神，亦即隐士品格。明项圣谟《题梅》：“玉雪精神铁石肠，不随凡卉斗芬芳。罗浮山下西河上，独立春风第一香。”

午间小憩，梦与神仙同游，醒后作此，寄先宁仁兄[1]

（2017年4月5日）

想入非非半睡间，
霓裳共舞大罗天[2]。
思寻蓬岛随方士[3]，
欲借清风向玉川[4]。
看我笔端驱鬼魅，
知君舌底生波澜。
画堂独坐听花语，
窃喜浮生日日闲[5]。

---

① 吴先宁兄乃我同窗好友，主攻六朝文学，有奇才，为人耿介，一如六朝名士。某次会上，吴兄仗义执言，致使某权贵怫然不悦，拂袖而去。

② 大罗天：位于三十六天之最高位，元始天尊之道场。万劫开世之时，元始天尊在大罗天宣讲道法，普度万灵众生。

③ 蓬岛：蓬莱山 。李白《古风》："但求蓬岛药，岂思农扈春？"清唐孙华《同年沉昭嗣明府谈杭州西溪之胜》诗："桃源与蓬岛，仙界疑未遥。"方士：方术之士，指那些能访仙炼丹以求长生不老的人。

④ 玉川：卢仝。卢仝《走笔谢孟谏议寄新茶》："蓬莱山，在何处？玉川子，乘此清风欲归去。山上群仙司下土，地位清高隔风雨。"

⑤ 唐李涉《题鹤林寺壁》："因过竹院逢僧话，偷得浮生半日闲。"

晨起无事，偶阅《兰亭集序》

（2017年4月8日）

笼鹅归去写清真[①]，

曲水不留半点尘[②]。

偶向雪泥寻指爪[③]，

双钩填廓学兰亭[④]。

---

① 《晋书·王羲之传》载：王羲之“性爱鹅……又山阴有一道士好养鹅。羲之往观焉，意甚悦，固求市之。道士云：‘为写《道德经》当举群相赠耳。’羲之欣然写毕，笼鹅而归，甚以为乐，其任率如此。”李白有诗云：“右军本清真，潇洒出风尘。山阴过羽客，爱此好鹅宾。扫素写道经，笔精妙入神。书罢笼鹅去，何曾别主人。”

② 永和九年（353年）三月初三上巳日，王羲之与谢安、孙绰等人在兰亭修禊后，举行饮酒赋诗的“曲水流觞”活动。据载，王羲之将诗集后，用蚕茧纸和鼠须笔作序，此即流传后世的《兰亭集序》。

③ 苏轼《和子由渑池怀旧》：“人生到处知何似，应似飞鸿踏雪泥。泥上偶然留指爪，鸿飞那复计东西。”

④ 双钩填廓：为中国书法技法名，沿字的笔迹两边用细劲的墨线钩出轮廓叫“双钩”，双钩后填墨即为“双钩填廓”。

早春踏青写生

（2017 年 4 月 10 日）

新裁细叶剪刀寒[①]，
收拾鹅黄入笔端。
又见嫣红斗姹紫，
更同造化共研丹。

① 贺知章《咏柳》："碧玉妆成一树高，万条垂下绿丝绦。不知细叶谁裁出，二月春风似剪刀。"

首师大书法院学生毕业展即兴作

（2017 年 4 月 13 日）

经年时问老婆禅[①]，

刀笔已然琢肺肝[②]。

定后风光君记取[③]，

轻云微雨养花天[④]。

① 老婆禅：佛教用语，谓禅师苦口婆心，多方设教，反复叮咛如老婆婆。《镇州临济慧照禅师语录》：“河阳新妇子，木塔老婆禅，临济小厮儿，却具一只眼。”宋苏轼《参寥惠杨梅》：“莫共金家斗甘苦，参寥不是老婆禅。”

② 苏轼诗云：“才名谁似广文寒，月斧云斤琢肺肝。”

③ 定后风光：开悟后的情景。学生毕业，即一个学习阶段的结束，就如同禅僧走出禅定，其毕业作品的展出也就是老师对他的印可。

④ 释仲殊《花品序》：“越中牡丹开月，多有轻云微雨，谓之养花天。”

次韵培贵兄见和[①]

（2017年4月14日）

此身此世两安然，
寄意于非非想天。
逢场偶为三昧戏，
丹青水墨又一年。

① 4月14日于南下高铁途中，欣接培贵兄对我昨日在首师大书法院学生书法展上即兴所作小诗之唱和，感念深情，遂再作一绝，并次其韵。

金坛禅意书画活动遣兴

（2017 年 4 月 15 日）

东南形胜相招呼[①]，
朝去幽燕暮入吴[②]。
观景谁能具慧眼[③]，
作诗我不嫌穷愁[④]。
禅天水墨交辉映，
茅岭白云自卷舒[⑤]。
行看五湖三万顷[⑥]，
长铗已叹归来乎[⑦]。

---

① 东南形胜：柳永《望海潮》载，“东南形胜，三吴都会，钱塘自古繁华。烟柳画桥，风帘翠幕，参差十万人家”。

② 幽燕：今河北北部及辽宁一带。此处指代北京。

③ 慧眼：佛教所说的五眼之一，亦泛指能照见实相的智慧。

④ 欧阳修《梅圣俞诗集序》：“世谓诗人少达而多穷，夫岂然哉！盖世所传诗者，多出于古穷人之辞也……盖愈穷则愈工。然则非诗之能穷人，殆穷者而后工也。”

⑤ 茅岭：茅山，位于江苏镇江句容市与常州市金坛交界处，是道教上清派的发源地，被道家称为“上清宗坛”，有“第一福地，第八洞天”之美誉。陶弘景《诏问山中何所有赋诗以答》：“ 山中何所有，岭上多白云。只可自怡悦，不堪持赠君。”

⑥ 五湖：近代一般以洞庭湖、鄱阳湖、太湖、巢湖、洪泽湖为“五湖”。古代《国语》《史记》中的五湖则专指太湖，或太湖及其附近的湖泊。宋向子諲《浣溪沙》：“一碧太湖三万顷，屹然相对洞庭山。”

⑦ 长铗：长剑。《战国策 · 齐策》：“（冯谖）居有顷，倚柱弹其剑，歌曰：‘长铗归来乎！食无鱼。’”

妈祖诞生日至贤良港、湄洲岛观看祭祀活动[①]

（2017 年 4 月 19 日）

东南有岛如蛾眉，

磊落仙宫与日辉[②]。

百丈炉烟催奏乐，

万人仗下叩天妃[③]。

① 妈祖是以中国东南沿海为中心，包括东亚等地区信仰的海神。相传妈祖的真名为林默，又称默娘，诞生于宋建隆元年（960 年）农历三月二十三日。宋太宗雍熙四年（987 年）九月初九逝世。因林默娘救世济人，泽被一方，被朝廷赐封，沿海人民便尊其为海神，立庙祭祀。

② 磊落：明亮貌、错落分明貌。苏轼《犍为王氏书楼》："树林幽翠满山谷，楼观突兀起江滨。云是昔人藏书处，磊落万卷今生尘。"

③ 仗：仪仗。岑参《奉和中书舍人贾至早朝大明宫》："鸡鸣紫陌曙光寒，莺啭皇州春色阑。金阙晓钟开万户，玉阶仙仗拥千官。"

游鼓浪屿，从皓月园步行至日光岩，但见海天一色[①]

（2017 年 4 月 23 日）

皓月转来见日光，
风平尤喜闽天长。
才从旧瓦辨遗韵，
已把新诗收锦囊[②]。

① 鼓浪屿：其代表景点有日光岩、菽庄花园、皓月园、毓园、鼓浪石、鼓浪屿钢琴博物馆、郑成功纪念馆等，融历史、人文和自然景观于一体，为国家级风景名胜区。

② 李商隐《李长吉小传》：每旦日出，“恒从小奚奴，骑距驴，背一古破锦囊，遇有所得，即书投囊中。及暮归，太夫人使婢受囊出之，见所书多，辄曰：‘是儿要当呕出心乃已尔 。’”

忆王播旧事

（2017 年 4 月 23 日）

不惜叛道敢离经，

但忌钟声饭后听。

惭愧扬州惠照寺，

碧纱难掩旧风尘[①]。

① 《全唐诗》卷四六六王播《题木兰院》序云：“播少孤贫，客扬州惠昭寺木兰院，随僧斋餐。僧厌怠，乃斋罢而后击钟。后二纪，播自重位出镇是邦，因访旧游，向之题名，皆以碧纱幕其诗。播继以二绝句：‘三十年前此院游，木兰花发院新修。如今再到经行处，树老无花僧白头。’‘上堂已了各西东，惭愧阇黎饭后钟。三十年来尘扑面，如今始得碧纱笼。’”

读《搜神后记》，知丁令威学道故事[①]

（2017 年 4 月 23 日）

笔耕日久徒增悲[②]，

何似辽东丁令威。

学道灵虚能化鹤，

归来物是人民非。

① 陶渊明《搜神后记》卷一："丁令威，本辽东人，学道于灵虚山。后化鹤归辽，集城门华表柱。时有少年，举弓欲射之。鹤乃飞，徘徊空中而言曰：'有鸟有鸟丁令威，去家千年今始归。城郭如故人民非，何不学仙冢垒垒。'"

② 《后汉书·班超传》："大丈夫无他志略，犹当效傅介子、张骞立功异域，以取封侯，安能久事笔砚间乎？"《艺文类聚》卷五八载班超语："大丈夫安能久事笔耕乎？"

满山槐花，浓香四溢，采其嫩者待舟儿品尝

（2017 年 5 月 9 日）

嫩白玉蕊透微黄[①]，
观赏何妨时浅尝。
欲寄维摩作供养[②]，
不输瞻蔔胜余香[③]。

---

① 玉蕊：指花苞。元商衢《天净沙》曲："雪飞柳絮梨花，梅开玉蕊琼葩。云淡帘筛月华。"清汪懋麟《闰三月三日饮华溪石上》诗之二："玉蕊沿溪放得齐，画楼檐榜喜新题。"

② 维摩：维摩诘。

③ 瞻蔔：梵语音译，意译为郁金花。《维摩诘经·观众生品》："如人入瞻蔔林，惟嗅瞻蔔，不嗅余香。"

孙思邈[①]

（2017年5月15日）

济世岂非真道者，
活人无乃大医王。
千金犹记三千首，
水府也曾用此方。

① 孙思邈：唐代道士、著名医药学家。京兆华原（今陕西省铜川市）人。一生行医，有医学名著《千金方》《千金翼方》传世。唐段成式《酉阳杂俎》卷二云："孙思邈尝隐终南山，与宣律和尚（即道宣）相接，每来往互参宗旨。时大旱，西域僧请于昆明池结坛祈雨，诏有司备香灯。凡七日，缩水数尺。忽有老人夜诣宣律和尚求救。曰：'弟子昆明池龙也。无雨久，匪由弟子。胡僧利弟子脑，将为药，欺天子言祈雨，命在旦夕，乞和尚法力加护。'宣公辞曰：'贫道持律而已，可求孙先生。'老人因至思邈石室求救。孙谓曰：'我知昆明龙宫有仙方三千首，尔传与予，予将救汝。'老人曰：'此方上帝不许妄传，今急矣，固无所吝。'有顷，捧方而至。孙曰：'尔第还，无虑胡僧也。'自是池水忽涨，数日溢岸，胡僧羞恚而死。孙复著《千金方》三千卷（实为九十三卷），每卷入一方，人不得晓。"

读《庄子·应帝王》

（2017 年 5 月 16 日）

欲修安心法，

枯坐如湿灰。

壶子已不死，

一戏杜德机[①]。

① 《庄子·应帝王》：“郑有神巫，曰季咸……列子与之见壶子。出而谓列子曰：‘嘻！子之先生死矣！弗活矣！不以旬数矣。吾见怪焉，见湿灰焉。’列子入，泣涕沾襟，以告壶子。壶子曰：‘乡吾示之以地文，萌乎不震不正。是殆见吾杜德机也。’”成玄英疏：“杜，塞也；机，动也。至德之机，开而不发，示其凝淡，便为湿灰。”宋辛弃疾《瑞鹧鸪》词：“何人可觅安心法？有客来观杜德机。”

遣　兴

（2017 年 5 月 20 日）

年来有意学鞭羊[①]，
时与道人论放光[②]。
万法不同谁伴侣，
西江一口留阿庞[③]。

① 鞭羊：《庄子·达生》载，“善养生者，若牧羊然，视其后者而鞭之”。

② 放光：指《放光般若经》。此处以“放光”指代佛经。

③ 《景德传灯录》卷八《襄州居士庞蕴》载：“后之江西，参问马祖云：‘不与万法为侣者是什么人？’祖云：‘待汝一口吸尽西江水，即向汝道。’居士言下顿领玄要。”

昔访龙泉寺，同僧人一起用餐

（2017 年 5 月 20 日）

山藏兰若留禅客[①]，
座有道人讲大经。
为觅安般守意法[②]，
不辞苦口戒荤腥。

---

① 兰若：阿兰若，佛教名词，原意是森林，引申为“寂静处”“空闲处”“远离处”，躲避人间热闹处之地。也泛指一般的佛寺。

② 安般守意法：又称“观出入息”。“安”即入息，“般”即出息。佛法有二甘露门：一为不净观，二为安般守意。

题何月舟画作《陌路》

（2017 年 5 月 22 日）

浇漓世态总嚣嚣，
画笔写来当自嘲。
陌路不行菩萨道[①]，
哪堪弱水浮鸿毛[②]！

---

① 菩萨道：指自利利他。上求佛道为自利，下化众生为利他。

② 弱水：传说之水名。东方朔《十洲记》：“凤麟洲在西海之中央，地方一千五百里。洲四面有弱水绕之，鸿毛不浮，不可越也。”

院庆演出，余登台作书，焦蕊伴舞[①]

（2017年5月24日）

澄心玉笺起风尘[②]，

笔扫千军气已吞。

长袖小焦来助阵，

分明大历小公孙[③]。

---

① 今天，“辉煌历程——中国社会科学院建院40周年文艺演出”会上，余应邀创作书法作品，节录习近平总书记致中国社科院建院40年贺信内容：“立时代潮头，通古今变化，发思想先声，构建中国特色哲学社会科学。”时有研究生院焦蕊同学伴舞。

② 澄心玉笺：澄心堂纸，为五代十国南唐徽州地区所产的一种名纸，以肤卵如膜、坚洁如玉、细薄光润著称。在此指宣纸。

③ 小公孙：指公孙大娘的弟子李十二娘。杜甫《观公孙大娘弟子舞剑器行》并序：“大历二年十月十九日，夔府别驾元持宅，见临颍李十二娘舞剑器，壮其蔚跂，问其所师，曰：‘余公孙大娘弟子也。’”

端午日至睢宁，忆张良圯桥遇黄石公事

（2017年5月30日）

奋勇当年博浪椎[①]，
一击已令祖龙悲[②]。
运筹自有黄公略，
不负英雄走下邳[③]。

---

① 博浪椎：秦始皇灭韩，张良为韩报仇，在沧海君处得力士，做铁椎重一百二十斤，趁秦始皇东游，狙击秦始皇于博浪沙。一击失败后，张良逃至下邳隐藏。（《史记·留侯世家》）

② 祖龙：指秦始皇。

③ 《史记·高祖本纪》："夫运筹策帷帐之中，决胜于千里之外，吾不如子房。"《史记·留侯世家》："良尝闲，从容步游下邳圯上，有一老父，衣褐，至良所，直堕其履圯下，顾谓良曰：'孺子，下取履！'良愕然，欲殴之，为其老，强忍，下取履。父曰：'履我！'良业为取履，因长跪履之。父以足受，笑而去。良殊大惊，随目之。父去里所，复还，曰：'孺子可教矣。后五日平明，与我会此。'良因怪之，跪曰：'诺。'五日平明，良往。父已先在，怒曰：'与老人期，后，何也？去！'曰：'后五日早会。'五日鸡鸣，良往。父又先在，复怒曰：'后，何也？去！'曰：'后五日复早来。'五日，良夜未半往。有顷，父亦来，喜曰：'当如是。'出一编书，曰：'读此则为王者师矣。后十年兴，十三年孺子见我济北，谷城山下黄石即我矣。'遂去，无他言，不复见。旦日，视其书，乃《太公兵法》也。良因异之，常习诵读之。"

六月九日登兰州北山九州台，细雨中遥望文溯阁《四库全书》藏书楼[①]

（2017年6月10日）

九州台上禹功幽[②]，

烟雨无边入胜游。

绿剪层阁迷漫处[③]，

谁人知是藏书楼。

---

① 《四库全书》：是清乾隆年间编纂的我国历史上卷帙最大的一部丛书，与万里长城、大运河一起，被誉为古代中国的三大工程。文溯阁《四库全书》是我国现存的《四库全书》三部半中的一部，这部书原保存在沈阳，1966年10月为了备战运到甘肃保管，至今已近40年了。1999年5月，甘肃省政府在兰州黄河岸畔北山九州台修建文溯阁《四库全书》藏书楼。2005年7月8日，新建成的文溯阁四库全书藏书馆正式开馆。

② 九州台：是一座典型的黄土峁阶地高山，峰顶似台，平坦如砥，略呈长形，与皋兰山相对峙，形成两山夹长河，拱抱兰州城的态势。传说大禹路过兰州时曾登临此台，眺望黄河，制定治水方案，并在台上将天下分为九州，故以九州台名之。

③ 藏书楼为黑色琉璃瓦，绿剪边。

六月九日访兰州报恩寺，寄普正法师[①]

（2017年6月15日）

比丘应是威音王[②]，

守意还同龟六藏[③]。

唯有禅风吹陇上，

旃檀庙里余天香。

① 报恩寺：位于兰州市安宁区，为普正法师所建。

② 威音王：威音王佛，又作寂趣音王佛，所在的劫称为太古离衰劫。据《妙法莲华经玄赞》卷十载，诸佛同名为威音王者，即显说法华之音声，如王之尊胜，有大威势，能令众生获大利乐。其后禅宗以此佛表示遥远的古代，以“威音王佛已前”比喻人类本有的纯正的精神境界。

③ 守意：摄心。《杂阿含经》卷四三：“龟虫畏野干，藏六于壳内。比丘善摄心，密藏诸觉想。”

六月十一日访甘肃简牍博物馆[①]

（2017年6月17日）

流沙不掩昔辉煌，

坐令书家喜欲狂。

磊落万枚出陇上，

两千年后墨犹香。

① 甘肃简牍博物馆：成立于2012年12月，主要承担甘肃出土简牍的收藏保管、保护修复、整理研究和展示利用等职责。现保存有武威《仪礼》简、医药简、王杖简460多枚，居延新简（甲渠候官）8400多枚，肩水金关汉简12000余枚，敦煌马圈湾汉简1200多枚，甘谷汉简20多枚，天水放马滩秦简460多枚，悬泉汉简23000多枚，水泉子汉简600多枚，黄家湾晋简30多枚。此外，还有一些零星的吐蕃文、西夏文木牍。

友人惠以菊花茶，答之

（2017年7月10日）

寓目皆金黄，
入口果芬芳。
遥想甘谷水[①]，
居民悉争尝。
菊力增寿考，
百岁犹寻常。
稽诸《抱朴子》，
细读夜未央。

---

① 《抱朴子内篇·仙药》："南阳郦县山中有甘谷水，谷水所以甘者，谷上左右皆生甘菊，菊花堕其中，历世弥久，故水味为变。其临此谷中居民，皆不穿井，悉食甘谷水，食者无不老寿，高者百四五十岁，下者不失八九十，无夭年人，得此菊力也。故司空王畅、太尉刘宽、太傅袁隗，皆为南阳太守，每到官，常使郦县月送甘谷水四十斛以为饮食。此诸公多患风痺及眩冒，皆得愈，但不能大得其益，如甘谷上居民，生小便饮食此水者耳。"

友人寄来红枣，硕大，作诗答之

（2017年7月10日）

虽未游仙学练形，
曾经留意果和因。
而今食罢如拳枣[①]，
三世了然于自心。

---

① 《太平广记》卷三八八引《纂异记》：齐君房者，家于吴。自幼苦贫，役役于吴楚间。元和初，游钱塘，“投人十不遇一，乃求朝飧于天竺。至孤山寺西，馁甚，不能前去，因临流零涕，悲吟数声。俄尔有胡僧自西而来，亦临流而坐。顾君房笑曰：‘法师，谙秀才旅游滋味否?’君房曰：‘旅游滋味即足矣。法师之呼，一何谬哉!’僧曰：‘子不忆讲《法华经》于洛中同德寺乎?’君房曰：‘某生四十五矣，盘桓吴楚间，未尝涉京江，又何有洛中之说乎?’僧曰：‘子应为饥火所恼，不暇忆前事也。’乃探钵囊，出一枣，大如拳。曰：‘此吾国所产，食之知过去未来事，岂止于前生尔。’君房馁甚，遂请食之。食讫甚渴，掬泉水饮之。忽欠伸枕石而寝，顷刻乃寤。因思讲《法华》于同德寺，如昨日焉。……是夕，君房至灵隐寺，乃剪发具戒，法名镜空。”

独卧听雨，偶有蛙声

（2017年7月21日）

一亩宫中人不寐[①]，

四方亭外花独肥[②]。

霏霏烟雨离离草[③]，

两部鼓吹随稚珪[④]。

---

① 一亩宫：《礼记·儒行》载，“儒有一亩之宫，环堵之室，筚门圭窬，篷户瓮牖。”后因以“一亩宫”称寒士的简陋居处。宋苏轼《次韵林子中蒜山亭见寄》：“叩头莫唤无家客，归扫岷峨一亩宫。”

② 李清照《如梦令》：“昨夜雨疏风骤，浓睡不消残酒。试问卷帘人，却道海棠依旧。知否？知否？应是绿肥红瘦。”本诗反其意而用之。

③ 霏霏：指雨雪烟云盛密貌。《诗·小雅·采薇》：“今我来思，雨雪霏霏。”离离：一指盛多貌。《诗·小雅·湛露》：“其桐其椅，其实离离。”二指浓密貌。三国魏曹操《塘上行》：“蒲生我池中，其叶何离离。”

④ 《南齐书·孔稚珪传》：“门庭之内，草莱不剪，中有蛙鸣。……稚珪笑曰：‘我以此当两部鼓吹。’”此处作者自比孔稚珪。

观方云禅画展

（2017 年 7 月 29 日）

千秋绘事作资粮，

笔墨入禅滋味长。

苦暑何愁无去处，

方云画里有阴凉。

七月十九日访八大山人纪念馆[①]

（2017年7月30日）

哭笑不得赋采薇[②]，

墨团点点见劫灰。

丹青直入如来地[③]，

前世画僧今是谁？

---

① 八大山人：为明皇室后裔，明亡后先出家学佛，后改信道教，实皆逃禅避祸。

② 八大山人在画上落款时，常将“八大山人”连笔写成“哭之”“笑之”。采薇：《史记·伯夷列传》载，“伯夷、叔齐，孤竹君之二子也。……武王已平殷乱，天下宗周，而伯夷、叔齐耻之，义不食周粟。隐于首阳山，采薇而食之。及饿且死，作歌，其辞曰：‘登彼西山兮，采其薇矣。以暴易暴兮，不知其非矣。神农虞夏，忽焉没兮，我安适归矣？于嗟徂兮，命之衰矣！’遂饿死于首阳山。”后世用此为典，以“采薇”指遗民不事新朝而远避空山。

③ 《永嘉证道歌》：“争似无为实相门，一超直入如来地。”

七月二十日至白鹭洲书院

（2017 年 8 月 3 日）

白鹭洲头访古道[①]，

云章阁下出天骄[②]。

中分两水余一岛，

人物三千气自豪。

---

① 白鹭洲书院位于江西吉安市赣江江心的白鹭洲头，南宋吉州知军江万里创建于淳祐元年（1241 年），它和庐山的白鹿洞书院、铅山的鹅湖书院、南昌的豫章书院齐名，合称为古代江西四大书院。书院的鼎盛时期是在宝祐四年（1256 年），书院生童文天祥高中状元，同榜吉州进士 39 人，占全国录取 390 名进士的十分之一，居全国首位。宋理宗皇帝亲赐匾额“白鹭洲书院”以示褒扬。据统计，两宋以降，以白鹭洲书院为首的庐陵地区各书院共培养进士 3000 人左右。

② 云章阁：为书院山长住处，也是山长给生童讲道的地方。

八月十六日赴日前寄井户川先生[①]

（2017 年 8 月 16 日）

曾经屡欠樱花账，
别后书生应无恙。
衣带相隔一水间[②]，
天公许我两相望[③]。

---

① 井户川行人先生与我有兄弟之谊。余 27 年前留学日本时，研究创价学会，得到池田大作先生的悉心关照，井户川兄对我也照顾有加，陪我走访日本各地，一起赏樱赏菊。此情此景，历历在目。今天赴日，即可与仁兄相见矣。

② 中国、日本自古以来就十分亲密，有“一衣带水”之称。

③ 苏轼《吾谪海南，子由雷州，被命即行，了不相知，至梧乃闻其尚在藤也。旦夕当追及，作此诗示之》云：“莫嫌琼雷隔云海，圣恩尚许遥相望。”

八月十八日东京遇菅野先生[①]

（2017 年 8 月 24 日）

闻君有道从君游，
直把研修作苦修。
回首向来学问路，
扶桑赤县三十秋。

① 余与菅野博史先生相识，几近三十年矣。先生治《法华经》，蜚声佛学界。我 20 世纪 90 年代初留学日本及其后每次访问日本时，都得到菅野先生关照。我们时常在八王子的小酒馆中把酒言欢，高谈学问。此情此景，仍时现脑海中。

二十二日携妻女游清水寺[①]

（2017年8月24日）

久闻清水有清音，

到此不虚今日行。

似入维摩方丈室，

相携法喜慈悲心[②]。

---

① 清水寺：位于京都东部音羽山的山腰，始建于778年，是京都最古老的寺院，曾数次被烧毁并重建，后于1994年被列入世界文化遗产名录。本堂前悬空的清水舞台是日本国宝级文物，四周绿树环抱，春季时樱花烂漫，是京都的赏樱名所之一，秋季时红枫飒爽，又是赏枫胜地。清水寺的茶艺名列京都之首。

② 《维摩诘经·佛道品》第八："法喜以为妻，慈悲心为女。"

秋夜偶成

（2017 年 9 月 1 日）

虫声渐婉转，

秋气日清高。

今古谁同调，

东坡喜和陶[①]。

① 东坡晚年喜和陶诗，以陶渊明为人生知己。此类诗作形成了古典诗歌的一道靓丽风景。

园中乐事

（2017 年 9 月 3 日）

三餐有地鲜，

素味出吾园。

分我读书乐，

欣然学种田。

秋日登高

（2017年9月9日）

清秋吾自寻，

阔步登长林①。

饮此一杯酒，

不思身后名②。

松怀万古雪，

石挽九天云③。

狂客欲方驾④，

何愁鄙吝生。

---

① 阔步：大步走。清俞樾《茶香室续钞·黑云化为人》："巨人其长数十丈，掉臂阔步，行水上。"长林：高大的树林。晋陆机《赴洛》之一："南望泣玄渚，北迈涉长林。"

② 《晋书·毕卓传》："使我有身后名，不如即时一杯酒。"

③ 古人有"石为云之根"之说。

④ 狂客：《新唐书·贺知章传》载，"贺知章字季真，赵州永兴人。性旷夷，善谭说，与族姑子陆象先善。象先尝谓人曰：'季真清谭风流，吾一日不见，则鄙吝生矣。'……晚节尤诞放，遨嬉里巷，自号四明狂客及秘书外监"。李白《忆贺监》："四明有狂客，风流贺季真"。方驾：两车并行。《后汉书·马防传》："临洮道险，车骑不得方驾。"杜甫《戏为六绝句》之五："窃攀屈宋宜方驾，恐与齐梁作后尘。"

秋夜漫兴

（2017 年 9 月 16 日）

何必搜求乌角巾①，
已将画室作禅林②。
细翻黄卷研奇字③，
轻抚砚田寻旧痕。
侧耳夜莺多婉转，
回眸缺月时阴晴④。
贪泉不改齐夷志⑤，
独向壁前观此心⑥。

---

① 乌角巾：古代葛制黑色有折角之头巾，常为隐士所戴。杜甫《南邻》：“锦里先生乌角巾，园收芋粟不全贫。”

② 禅林：指寺院、僧徒聚居之处。陈子昂《晖上人房饯齐少府使入京序》：“入禅林而避暑，肃风景于中林。”

③ 黄卷：书籍。

④ 阴晴：苏轼《水调歌头》云，“人有悲欢离合，月有阴晴圆缺，此事古难全。”

⑤ 《晋书·吴隐之传》：“弱冠而介立，有清操。……隆安中，以隐之为龙骧将军、广州刺史、假节，领平越中郎将。未至州二十里，地名石门，有水曰贪泉，饮者怀无厌之欲。隐之既至，语其亲人曰：‘不见可欲，使心不乱。越岭丧清，吾知之矣。’乃至泉所，酌而饮之，因赋诗曰：‘古人云此水，一歃怀千金。试使夷齐饮，终当不易心。’”

⑥ 《五灯会元·东土祖师·初祖菩提达磨大师》：“（大师）寓止于嵩山少林寺，面壁而坐，终日默然，人莫测之，谓之壁观婆罗门。”

九月十六日至郓城水浒好汉城

（2017年9月16日）

此地多英雄，
至今气若虹。
空拳能伏虎，
惟我十八公①。

① 十八公：指松，因“松”字可拆为此三字。此处指武松。《艺文类聚》卷八八引晋张勃《吴录》：“丁固梦松树生其腹上。人谓曰：‘松字，十八公也。后十八年，其为公乎！’”

廿一日至云台山[①]

（2017年9月21日）

竹林踪迹知何处[②]，
空谷依然识旧路。
手把秃毫聊写真，
云台是我案头物。

① 云台山：位于河南省焦作市修武县和山西省晋城市陵川县交界处。

② 魏正始年间（240～249年），嵇康、阮籍、山涛、向秀、刘伶、王戎及阮咸七人常聚在云台山的竹林之下，肆意酣畅，世谓“竹林七贤”。

胡先生寄诗，原韵答之

（2017年9月22日）

世传三祝华封人[①]，
一往已觉情意深。
还道羲皇以上客[②]，
玉壶中有心如冰。

① 《庄子·天地》："尧观乎华。华封人曰：'嘻，圣人！请祝圣人，使圣人寿。'尧曰：'辞'。'使圣人富。'尧曰：'辞。''使圣人多男子。'尧曰：'辞。'"

② 晋陶潜《与子俨等疏》："常言五六月中，北窗下卧，遇凉风暂至，自谓是羲皇上人。"

园中见一瓜硕大，赋此

（2017年10月1日）

石砚试发光绪墨[①]，
庭园学种故侯瓜[②]。
晴耕还似雨读乐，
相伴者谁雪月花。

---

① 戴勇曾送我光绪老墨，偶一用之。

② 《史记·萧相国世家》："召平者，故秦东陵侯。秦破为布衣，贫，种瓜于长安城东。瓜美，故世俗谓之东陵瓜。从召平以为名也。"又以召平为故侯，亦称其为"故侯瓜"。王维《老将行》："路旁时卖故侯瓜，门前学种先生柳。"

秋日遣兴

（2017 年 10 月 4 日）

思与骚人纫蕙兰[①]，

不同老鹤共乘轩[②]。

倦游莫道归来晚，

余勇能参无上禅。

---

① 屈原《离骚》："纫秋兰以为佩。"

② 《左传·闵公二年》："冬十二月，狄人伐卫。卫懿公好鹤，鹤有乘轩者。将战，国人受甲者皆曰，'使鹤，鹤实有禄位，余焉能战？'"

中秋夜感怀

（2017 年 10 月 6 日）

天命之年何所求，
寝时无梦觉无忧[1]。
此生恰似中秋夜，
月驶云端迹不留[2]。

① 《庄子 · 大宗师》："古之真人，其寝不梦，其觉无忧。"
② 《漱石诗集》："鸟入云无迹，鱼行水自流。"

读东坡《题灵峰寺壁》

（2017 年 10 月 17 日）

东坡也似在家僧[①]，

往往逃禅学四明[②]。

漫道须弥识旧路，

前身本是老德云[③]。

---

① 在家僧：居士，特指黄庭坚 。苏轼《和黄鲁直食笋次韵》：“一饭在家僧，至乐甘不坏。”黄庭坚《谢杨履道送银茄》诗之三：“戎州夏畦少蔬供，感君来饭在家僧。”

② 四明：唐贺知章，开元中迁太子宾客，兼秘书监。晚年尤加纵诞，自号“四明狂客”，又称“秘书外监”。天宝初，还乡为道士，不久即寿终。苏东坡晚年诗中屡屡提及贺氏。

③ 德云：佛经中人名，为善财童子所参访的五十三善知识之一。苏轼自称其前身为德云。《华严经》入法界品：文殊告善财童子，“（妙高峰）有一比丘，名曰德云。”妙高峰即须弥山。苏轼《题灵峰寺壁》：“灵峰山上宝陀寺，白发东坡又到来。前世德云今我是，依稀犹记妙高台。”

闻雁声，忆旧友

（2017 年 10 月 22 日）

可有音书寄上林[①]？
秋风秋雨正纷纷。
云间忽报嘎嘎语，
夜半披衣寻雁痕。

① 《汉书·苏武传》：武帝时苏武与常惠等出使匈奴不得归，后昭帝即位，“匈奴与汉和亲。汉求武等。匈奴诡言武死。后汉使复至匈奴。常惠请其守者与俱，得夜见汉使，具自陈道。教使者谓单于言：‘天子射上林中，得雁足有系帛书，言武等在某泽中。’使者大喜，如惠语以让单于。单于视左右而惊，谢汉使曰：‘武等实在。’”遂得归。

京西赏秋

（2017年11月3日）

京西山水自清高[①]，

秋意已然到树梢。

袅袅金风伴旭日[②]，

翩翩黄叶下林皋[③]。

---

① 京西有香山，又有京密引水渠和稻香湖湿地，在此生活可坐享山水之乐。

② 《九张机》：“二张机，金风袅袅意迟迟，木兰舟上凝眸子，水样清漪，木吟碧枝，长命欲相知。”

③ 林皋：语出《庄子·知北游》，“山林与，皋壤与，使我欣欣然而乐与！”后因以“林皋”指山林皋壤或树林水岸。黄庭坚《送刘士彦赴福建转运判官》：“官间得胜日，杖屦之林皋。”

十一月八日游合肥开福寺

（2017年11月10日）

大蜀山南古道场[①]，

风和日丽云飞扬。

一团紫气斗牛上[②]，

唯见旃檀佛放光[③]。

---

① 开福寺：位于合肥市西郊大蜀山南麓，据称是唐代蜀僧慧满法师卓锡弘化之所。

② 斗牛：斗、牛二星属二十八星宿之列。苏轼《赤壁赋》："月出于东山之上，徘徊于斗牛之间。"

③ 旃檀：又名檀香、白檀，是一种古老而又神秘的珍稀树种，素有"香料之王"之美誉。旃檀佛：即旃檀功德佛，为三十五佛之一，见《大宝积经》《决定毗尼经》等经典。

望雁群，示国侠

（2017 年 11 月 15 日）

天南海北总相随[1]，

春夏秋冬去又归。

设若人间无陷阱，

何须万仞不卑飞[2]。

① 国侠随我行走江湖，亦大同于鸿雁。

② 卑飞：低飞。

赏 月

（2017 年 11 月 20 日）

万里无垠皆所照，

千江有水总分身①。

悬知月性即佛性②，

半满阴晴无减增③。

① 宋《嘉泰普灯录》卷十八：“千江有水千江月，万里无云万里天。”

② 《大般涅槃经》卷九《如来性品》：“譬如有人见月不现，皆言月没而作没想，而此月性实无没也。转现他方彼处众生复谓月出，而此月性实无出也。何以故？以须弥山障故不现，其月常生性无出没。如来应正遍知亦复如是。……如是众生所见不同，或见半月，或见满月，或见月蚀。而此月性实无增减蚀啖之者，常是满月。如来之身亦复如是，是故名为常住不变。”

③ 苏东坡《水调歌头》云：“人有悲欢离合，月有阴晴圆缺”。此即从世俗角度看月。

题吴昌硕画寿桃

（2017 年 11 月 25 日）

已有仙桃盛玉盘，
何劳道士赐金丹。
曲蟠老树三千里，
东海谁知度朔山[1]。

---

① 《太平御览》引《汉书仪》：“《山海经》称，东海之中度朔山，山上有大桃树，曲蟠三千里。”又《太平广记》卷三引《汉武内传》：西王母于七月七日降于帝宫，命侍女索桃。须臾以玉盘盛仙桃七颗，王母以四颗与帝，三颗自食。帝食辄收其核。王母问帝，帝曰：“欲种之。”母曰：“此桃三千年一生实。中夏地薄，种之不生。”帝乃止。

滇池观红嘴鸥与游人相狎[①]

（2017年12月3日）

蓝天碧水万精灵，

岁岁追寻四季春[②]。

行看滇池五百里[③]，

无心自与人相亲[④]。

---

① 昆明自1985年以来，每年冬天都有上万只红嘴鸥在滇池、翠湖公园以及盘龙江等地栖息，形成昆明的一大特色。据称，这些红嘴鸥来自西伯利亚，从贝加尔湖穿越俄罗斯和中国北方来到昆明过冬，之后再集体返回。

② 昆明四季如春，故称“春城”。

③ 昆明大观楼长联云：“五百里滇池，奔来眼底”。

④ 李白《江上吟》：“仙人有待乘黄鹤，海客无心随白鸥。”《阅微草堂笔记》称：“海客无心，则白鸥可狎。”意为渡海的客人没有伤害之心，那么飞翔的海鸥也是能够亲近的。

黄连河观瀑布[①]

（2017 年 12 月 4 日）

层峦笼晓雾，

横岭辨空濛。

山路曰婉转，

时时见白龙[②]。

① 黄连河瀑布群位于大关县城东南侧 5.5 公里处，紧邻 213 国道，主要以密集型瀑布群为资源主体，核心区方圆 5 平方公里范围内就有多姿多彩的大小瀑布 47 条，是罕见的瀑布群奇观。

② 白龙：指瀑布。

自遣

（2017 年 12 月 24 日）

吴儿纵是木石肠[①]，
如戏人生亦感伤。
解印还同元亮去[②]，
三杯直入无功乡[③]。

---

① 《晋书·夏统传》："（贾充）又使妓女之徒服袿襹，炫金翠，绕其船三匝。统危坐如故，若无所闻。充等各散，曰：'此吴儿是木人石心也。'"

② 陶渊明：又名潜，字元亮，号"五柳先生"。《晋书·隐逸传·陶潜》载，陶潜为彭泽令，郡遣督邮至县，吏白应束带见之，潜叹曰："吾不能为五斗米折腰，拳拳事乡里小人邪！"遂解印去县。

③ 无功乡：王绩，字无功，嗜酒，曾著《醉乡记》。故无功乡即指醉酒。

尚公兄好饮，作此诗寄之

（2017年12月24日）

高阳池上时相逢①，
每见酒魔戏尚公。
倾倒玉山扶不起②，
犹将豪气干长空。

---

① “竹林七贤”山涛之子山简为征南将军镇守襄阳时，豪族习氏有佳池园。简常出游，“多之池上，置酒辄醉”。襄阳小儿有歌曰：“山公出何许？往至高阳池。日夕倒载归，茗艼无所知。”（《晋书·山简传》）

② 倾倒玉山：刘义庆《世说新语·容止》载，“嵇康身长七尺八寸，风姿特秀，见者叹曰：‘萧萧肃肃，爽朗清举。’或云：‘肃肃如松下风，高而徐引。’山公（山涛）曰：‘嵇叔夜（嵇康字）之为人也，岩岩若孤松之独立；其醉也，傀俄（巍峨）若玉山之将崩。’”

题　画

（2017 年 12 月 30 日）

茂林茅屋绝烟尘，

点缀微云映太清[1]。

切记桃源世外路[2]，

无风波处渺难寻。

---

① 太清：天空。《鹖冠子·度万》：“唯圣人能正其音，调其声，故其德上及太清，下及太宁，中及万灵。”陆佃注：“太清，天也。”

② 桃源：陶渊明笔下的桃花源。

新年偶成

（2018 年 1 月 1 日）

渐行渐远贪痴嗔[①]，
折脚铛中煮饭羹[②]。
天命才知近耳顺[③]，
已然万事不关心[④]。

① 贪、嗔、痴：佛教称之为三毒，又称三垢、三火。贪：对顺境起贪爱。嗔：对逆境生嗔恨。痴：不明事理。

② 《景德传灯录·汾州大达无业国师》："茅茨石室，向折脚铛子里煮饭吃过三十二十年，名利不干怀，财宝不为念，大忘人世，隐跡岩丛。"

③ 子曰："吾十有五而志于学，三十而立，四十而不惑，五十而知天命，六十而耳顺，七十而从心所欲，不逾矩。"（《论语·为政》）

④ 王维《酬张少府》："晚年唯好静，万事不关心。自顾无长策，空知返旧林。松风吹解带，山月照弹琴。君问穷通理，渔歌入浦深。"

作画偶得

（2018年1月1日）

豪情暂付管城颖[①]，
径尺砚田每自耕。
以梦意识运梦笔，
于无墨处画天人。

① 管城颖：毛笔。

登　山

（2018 年 1 月 4 日）

归来还踏东山屐①，
本地风光自解颐②。
峻岭平冈如董巨③，
白云流水皆天机④。

① 东山屐：晋谢安在金陵城东筑别墅，常着屐来此游憩。明何景明《将游东园以风雨遂止》之一：“雨阻东山屐，天留北海杯。”

② 本地风光：形容眼前的景象或事物具有当地的特色。在佛教中，常以此指称觉悟后的景象。解颐：开颜欢笑。《汉书》卷八十一《匡衡传》：“匡说《诗》，解人颐。”清梁绍壬《两般秋雨庵随笔·诙谐本色》：“诙谐词语必须本地风光，方可解颐喷饭。”

③ 董巨：画家董源和巨然并称“董巨”。二人都是山水画大家。

④ 天机：通常比喻自然界的秘密，也比喻重要而不可泄露的秘密。《庄子·大宗师》：“其耆欲深者，其天机浅。”陆游《醉中草书因戏作此诗》：“稚子问翁新悟处，欲言直恐泄天机。”

画　兰

（2018 年 1 月 6 日）

蕙质兰心即画魂，
轻描淡写总天真。
寻香逐色非吾事，
自信个中道味存。

赏　梅

（2018年1月7日）

横斜疏影本天姝[①]，

轻写淡妆入画图。

疑是姑山逢绰约，

满园冰雪如肌肤[②]。

---

① 横斜疏影：林逋《山园小梅》载，“疏影横斜水清浅，暗香浮动月黄昏”。天姝：天生丽质的美女。“姝”指美女。

② 姑山：藐姑射山。庄子《逍遥游》：“藐姑射之山，有神人居焉；肌肤若冰雪，绰约若处子。”

晨　起

（2018 年 1 月 14 日）

夜来风雨枕中听，

觉后小园仍太平。

犹有赏心悦目处，

二三好鸟窗前鸣。

题　画

（2018 年 1 月 18 日）

临池妙墨凭君看，

或写渔汀或断岸。

东海三山移笔端，

浮云一抹来天半。

园中即景

（2018 年 1 月 21 日）

有鸟翩翩绕树鸣[①]，

始觉雪后物华新[②]。

小园指日生春色，

分与幽人及四邻[③]。

① 翩翩：指鸟轻飞的样子。

② 物华：指自然景物或物的精华。

③ 幽人：一指幽隐之人，隐士；一指幽居之士。

答友人

（2018 年 1 月 22 日）

画堂清坐谁为邻？

不见季真鄙吝生[①]。

他日共研沩仰法[②]，

静听瓦砾击竹声。

---

① 《新唐书·贺知章传》："贺知章字季真，越州永兴人。性旷夷，善谭说，与族姑子陆象先善。象先尝谓人曰：'季真清谭风流，吾一日不见，则鄙吝生矣。'"此处以贺氏指代友人。

② 沩仰：沩仰宗，为禅宗五家之一。《五灯会元》卷九："（智闲）一日芟除草木，偶抛瓦砾，击竹作声，忽然省悟。"

午　睡

（2018 年 1 月 26 日）

勿言朽木讥宰予①，
拟把闲心寄太虚。
近日学得边韶寝②，
犹期梦里游华胥③。

---

① 《论语·公冶长第五》："宰予昼寝，子曰：'朽木不可雕也，粪土之墙不可圬也！'"

② 《后汉书·文苑传》：边韶字孝先，以文章知名，教授数百人。曾昼日假卧，弟子私嘲之曰："边孝先，腹便便。懒读书，但欲眠。"韶潜闻之，应时对曰："边为姓，孝为字。腹便便，《五经》笥。但欲眠，思经事。寐与周公通梦，静与孔子同意。师而可嘲，出何典记？"嘲者大惭。后以"边韶寝"称昼眠。

③ 《列子》："黄帝昼寝，梦游华胥"。华胥即华胥国。其国上无国君，下无贵贱愚贤之分；人民既不恋生也不畏死，既无亲疏也无爱憎，是一个没有利害得失的极乐世界。黄帝醒来，如获养身治国之道，28 年后国家大治。

赠友人

（2018 年 1 月 29 日）

一枝可以暂栖身，

欲效鹪鹩巢故林[①]。

流水高山应有意，

松风涧响合操琴[②]。

① 鹪鹩：小鸟名。《庄子·逍遥游》："鹪鹩巢于深林，不过一枝；偃鼠饮河，不过满腹。"

② 《金黴变化篇》：段由夫携琴，就松风涧响之间，曰："三者皆有自然之声，正合类聚。"

听　琴

（2018 年 2 月 8 日）

谁遏空中云[①]？
素手出锵铿[②]。
枯桐木性尽[③]，
始作太古声[④]。

---

① 遏：阻止，使停止。《列子》卷五《汤问》："薛谭学讴于秦青，未穷青之技，自谓尽之，遂辞归。秦青弗止，饯于郊衢，抚节悲歌，声振林木，响遏行云。薛谭乃谢求反，终身不敢言归。"

② 锵铿：形容乐器声音响亮，节奏分明。唐柳宗元《与卫淮南石琴荐启》："愿以顽璞，上奉徽音。增响亮于五弦，应锵铿于六律。"

③ 沈括《梦溪笔谈》："琴虽用桐，然须多年，木性都尽，声始发越。予曾见唐初路氏琴，木皆枯朽，殆不胜指，而其声愈清。"

④ 宋朝何薳《春渚纪闻·古声遗制》："余谓古声之存于器者，唯琴音中时有一二，不患其器之朴拙，使人援弦促轸，想见太古自然之妙，然后为胜。"

正月初二再游红石谷

（2018 年 2 月 18 日）

滚滚响洪奔眼底[①]，

沉沉晓雾绕齐山[②]。

动人真水煮瓜片[③]，

胜却虾蟆第四泉[④]。

---

① 红石谷风景区位于大别山北麓，六安市金寨县境内。景区面积 60 平方公里，皖西五大水库之首响洪甸水库就坐落在景区之内。这里还是中国十大名茶之一六安瓜片的原产地。

② 景区最高峰为齐山（又称齐头山），海拔 804 米。

③ 明代张源《茶录 · 品泉》云："茶者水之神，水者茶之体。非真水莫显其神，非精茶曷窥其体。流动者愈于安静，负阴者胜于向阳。真源无味，真水无香。"

④ 唐张又新《煎茶水记》引陆羽云："峡州扇子山下有石突然，洩水独清冷，状如龟形，俗云虾蟆口水。"陆游《入蜀记》："登虾蟆碚，《水品》所载第四泉是也。"

春节住三河古镇，遥望巢湖[1]

（2018 年 3 月 1 日）

倦游何处濯吾缨？
人道三河水尚清。
待我归来学种柳，
会当留取一湖春。

① 三河古镇：古名鹊渚、鹊尾、鹊岸，位于安徽省合肥市肥西县南端，地处肥西、庐江、舒城交界处。三河古镇原是巢湖中的高洲，因泥沙淤积，渐成陆地。南北朝后期称三汊河，明、清置三河镇。古镇有丰乐河、杭埠河、小南河在境内汇合，向东约 15 公里流入巢湖。镇内有古城墙、古炮台、太平军指挥部旧址、英王府、一人巷、万年台、李府粮仓、鹤庐、刘同兴隆庄、杨振宁故居、孙立人故居等历史遗迹。

园中自得

（2018年3月6日）

平生意气非皇王，
井干无心学跳梁[1]。
已把闲身托好景，
还将浊酒醉夕阳。

① 《庄子·秋水》："子独不闻夫坎井之蛙乎？谓东海之鳖曰：'吾乐与！出跳梁乎井干之上，入休乎缺甃之崖。'"

遣　兴

（2018 年 3 月 17 日）

半世漂泊不自持，

只今尤喜东山屐[①]。

风流已叹唐寅老，

穷而后工岂止诗[②]。

---

① 《南史·谢灵运传》：“寻山陟岭，必造幽峻……登蹑常着木屐，上山则去其前齿，下山去其后齿。”

② 欧阳修认为，诗人一般都是“少达而多穷”，“世所传诗者，多出于古穷人之辞也”，并且说诗“愈穷则愈工”，“穷者而后工”，“诗穷而后工”。（《梅圣俞诗集序》）

香山访梅，并探“西山晴雪”碑[①]

（2018 年 3 月 19 日）

闻香尤喜雪残存，

猎猎春风催日新[②]。

欲探古碑寻旧赏，

半山亭北望神京。

① 3 月 18 日为农历二月二龙抬头，余应家赋、邹阳两君之约，与国侠一起至香山公园踏雪寻梅，后又一同探访乾隆皇帝所书“西山晴雪”碑。该碑位于半山亭北密林之中。“西山晴雪”为燕京八景之一。

② 猎猎：形容风声或风吹动旗帜等的声音。南朝宋鲍照《上浔阳还都道中》：“鳞鳞夕云起，猎猎晚风遒。”宋梅尧臣《泛舟城隅呈永叔》：“孤舟穿绿荷，猎猎新雨过。”

登宜春明月山，游月亮湖，洗富硒温泉

（2018 年 3 月 28 日）

万里长空只一轮[①]，

但凭湖水好分身。

已得月魄供吞吐[②]，

还待温汤助长生。

---

① 《嘉泰普灯录》卷十八："千江有水千江月，万里无云万里天。"

② 月魄：月亮的精华。《黄庭内景经》高奔章第二十六注："吞月精之法，月初出时，西向叩齿十通。微呪月魂名……存月中五色精光入口中。……能修此道，则奔日月而神仙矣。"

参访洞山，过逢渠桥[①]

（2018 年 3 月 29 日）

闻钟鸟不惊。
过水睹清影，
古木秀禅林，
渠我两相亲。

① 洞山：是中国佛教曹洞宗祖庭，为创始人良价大师驻锡之地。859 年，良价云游至此，过葛溪，睹影彻悟，并写下《逢渠偈》："切忌从他觅，迢迢与我疏。我今独自往，处处得逢渠。渠今正是我，我今不是渠。应须凭么会，方得契如如。"宋绍圣五年（1098 年），宜丰同安张仲舒之妻雷四十三娘与其子裕禧用拾稻穗之积蓄，捐资修建逢渠桥以作纪念。

昔日衡山见磨镜台[①]

（2018年3月31日）

世间犹记平常心[②]，
谁笑上人曾苦行。
君看衡山风动处，
至今仍作磨砖声[③]。

---

① 磨镜台：位于南岳衡山半山亭中心景区内，因南禅七祖怀让以磨砖作镜之举使马祖道一顿悟而得名。现在景区内保存有“祖源”石刻，为怀让磨镜之地。怀让墓至今仍存，唐代宰相裴休亲笔手写“最胜轮塔”。

② 开悟后道一主张道不用修，任心为修，即心是佛，非心非佛。“平常心是道”是他的佛性思想与实践的总纲。

③ “磨砖作镜”出自《景德传灯录》：唐朝马祖道一和尚常习坐禅，未能悟道。南岳怀让禅师问他：“大德坐禅图什么？”道一回答说：“图作佛。”怀让即取一砖在他庵前石上磨。道一问磨砖做什么，怀让答道：“磨作镜。”道一奇怪道：“磨砖岂得成镜？”怀让反问：“磨砖既不成镜，坐禅岂得成佛？”

读白居易《中隐》[1]

（2018 年 4 月 3 日）

得失已在九天外，
出处岂非一念间。
学问差堪作半隐，
也无清冷也无喧。

① 白居易《中隐》："大隐住朝市，小隐入丘樊。丘樊太冷落，朝市太嚣喧。不如作中隐，隐在留司官。似出复似处，非忙亦非闲。不劳心与力，又免饥与寒。……人生处一世，其道难两全。贱即苦冻馁，贵则多忧患。唯此中隐士，致身吉且安。穷通与丰约，正在四者间。"余早年取斋号"半隐堂"，主张隐于学，隐于艺，亦即以出世心做入世事，其意与白氏"中隐"相近。

宗少文卧游[①]

（2018 年 4 月 16 日）

衡岳荆巫曾历经，
图之四壁皆烟云。
抚琴谁令众山响，
全画是真宗少文。

① 《宋书·宗炳传》："（宗炳）好山水，爱远游……有疾还江陵，叹曰：'老疾俱至，名山恐难遍睹，唯当澄怀观道，卧以游之。'凡所游履，皆图之于室，谓人曰：'抚琴动操，欲令众山皆响。'"

园中即景

（2018 年 4 月 21 日）

兴会偶然游翰墨[①]，

耳聪时亦听宫商[②]。

主人行乐不行脚[③]，

坐看梨花赛海棠。

---

① 兴会：意为偶有所感而产生的意趣。引申为有意趣、兴致的时候。

② 宫商：古代音律中的宫音与商音，此处泛指音乐。

③ 行脚：行走、行路。也指“行脚僧”。宋杨万里《和文远叔行春》：“行脚宜晴翠，看云恐夕黄。”

咏张翰“莼鲈之思”[①]

（2018 年 4 月 24 日）

从来快意在江湖，

休问功名身后无。

杯酒即时宜命驾，

吴中最忆是莼鲈。

① 张翰：字季鹰，吴郡吴县（今苏州市）人。西晋文学家，留侯张良后裔，吴国大鸿胪张俨之子。有清才，善属文，性格放纵不拘，时人比之为阮籍，号为“江东步兵”。齐王司马冏执政，辟为大司马东曹掾。见祸乱方兴，以莼鲈之思为由，辞官而归。年五十七卒。著有文章数十篇，行于世。《晋书·张翰传》记载：“翰因见秋风起，乃思吴中菰菜、莼羹、鲈鱼脍，曰：‘人生贵适志，何能羁宦数千里，以邀名爵乎?’遂命驾而归。”《晋书·文苑列传·张翰》记：“翰任心自适，不求当世。或谓之曰：‘卿乃可纵适一时，独不为身后名邪?’答曰：‘使我有身后名，不如即时一杯酒。’时人贵其旷达。”

读谢灵运《登池上楼》[1]

（2018 年 5 月 2 日）

谢客风流日不斜，
越中山水即生涯。
安得情景入图画，
春草池塘忆永嘉[2]。

---

① 谢灵运（385～433）：原名公义，字灵运，以字行于世，小名客儿，世称谢客。南北朝时期杰出的诗人、文学家、旅行家，开创了中国文学史上的山水诗派。东晋时世袭为康乐公，世称谢康乐。曾出任大司马行军参军、抚军将军记室参军、太尉参军等职。刘宋代晋后，降封康乐侯，历任永嘉太守、秘书监、临川内史，元嘉十年（433 年）被宋文帝刘义隆以“叛逆”罪名杀害，年49。谢氏好营园林，游山水，制作出一种“上山则去前齿，下山去其后齿”的木屐，后人称之为“谢公屐”。与族弟谢惠连、东海何长瑜、颍川荀雍、泰山羊璿之以文章赏会，共为山泽之游，时人谓之四友。

② “池塘生春草，园柳变鸣禽”为谢灵运任永嘉太守时写的《登池上楼》一诗中的名句。

昔游道观，闻神仙故事

（2018 年 5 月 6 日）

神仙旧事未能忘，
试觅红云拜紫皇①。
丁令归来人化鹤②，
初平叱咤石成羊③。
马前百步左元放④，
肘后千金孙药王⑤。
无限妙观寄逸想，
接天古木隐虚堂。

---

① 《太平御览》卷六五九引《秘要经》：“太清九宫，皆有僚属。其最高者，称太皇、紫皇、玉皇。”据称仙人所居之地多有红色祥云缭绕。

② 《搜神后记》卷一：“丁令威，本辽东人，学道于灵虚山，后化鹤归辽。”

③ 黄初平：东晋人，著名道教人物黄大仙。浙江金华人，自幼牧羊，15 岁时得仙人指点而隐居赤松山。18 岁开始修道，得道后易名赤初平，号赤松子。民间流传其法力高强，能够点石成羊，且以“药方”度人成仙，得到人们的信仰和崇祀。

④ 晋葛洪《神仙传》卷八《左慈》：“慈见吴先主孙权，权素知慈有道，颇礼重之。权侍臣谢送知曹公刘表皆忌慈惑众，复谮于权，欲使杀之。后出游，谓慈俱行，令慈行于马前，欲自后刺杀之。慈著木屐，持青竹杖，徐徐缓步行，常在马前百步，著鞭策马，操兵器逐之，终不能及。送知其有道，乃止。”

⑤ 肘后：有携带备查之意。《千金方》又称《备急千金要方》，是中国古代中医学经典著作之一，作者孙思邈是唐代医药学家、道士，被后人尊称为“药王”。

读　碑

（2018 年 5 月 22 日）

天心来复锦灰堆①，

何患区区身世违②。

历尽劫波舌尚在③，

不言时事只读碑。

---

① 天心：天意，也指本性、本心。来复：意为回归。锦灰堆：又名八破图，是中国传统艺术形式之一，即以画残破的文物片段堆集构成画面，包括集破、集珍、打翻字纸篓等方式。起于元，盛于清末。此处指古玩字画等古代艺术品。

② 身：自己、自身。世：世道。

③ 舌尚在：《史记·张仪列传》载，“张仪……尝从楚相饮，已而楚相亡璧，门下意张仪，曰：‘仪贫无行，必盗相君之璧。’共执张仪，掠笞数百，不服，释之。其妻曰：‘嘻！子毋读书游说，安得此辱乎？’张仪谓其妻曰：‘视吾舌尚在不？’其妻笑曰：‘舌在也。’仪曰：‘足矣。’”

月圆之夜，不忍睡去，久久徘徊于花竹丛中

（2018 年 5 月 29 日）

无端心事不成眠，

分外花香欲破禅①。

惟有此君最解语②，

新篁随我舞清圆③。

---

① 黄庭坚有诗云："花气薰人欲破禅"，余甚爱此句，今借用之。

② 《晋书·王徽之传》："（徽之）尝寄居空宅中，便令种竹。或问其故，徽之但啸咏指竹曰：'何可一日无此君邪！'"后世便以"此君"作竹之代称。解语：意为善解人意。薛昂夫《楚天遥过清江引》："春若有情应解语，问着无凭据。"

③ 新篁：新生之竹，亦指新笋。苏轼《和文与可洋川园池》："解箨新篁不自持，婵娟已有岁寒姿。"清圆：指月。杜甫《舟中》："昨夜月清圆。"

出席央美博士生答辩会，并呈罗教授

（2018年6月4日）

三载象牙成楮叶[①]，

一朝锦鲤登龙门。

叹吾皓首研奇字，

观道时随宗少文[②]。

---

① 《韩非子·喻老》：“宋人有为其君以象为楮叶者，三年而成，丰杀茎柯，毫芒繁泽，乱之楮叶之中而不可别也。此人遂以功食禄于宋邦。”此处以宋人用三年时间将象牙雕成楮叶比喻博士生三年学业有成。

② 宗少文：宗炳（375～443），南朝宋画家。擅长书画和弹琴，信仰佛教，参加庐山慧远主持的“白莲社”，作《明佛论》。曾漫游山川，西涉荆巫，南登衡岳，后以老病回江陵，将游历所见景物绘于居室之壁，自称“澄怀观道，卧以游之”。著有《画山水序》。此处以宗炳指代罗教授。

春秋山访李公麟读书堂遗址[①]

（2018年6月11日）

果然画苑有钟王[②]，

此地当年曾筑堂。

井号乌龙通海眼，

美哉春水自洋洋[③]。

① 春秋山：位于舒城县城南12公里。宋王象之《舆地纪胜》记载："山之得名，旧志云公麟读《春秋》于此。"山中现存南岳行祠、春秋寺和李公麟读书堂、洗墨池、乌龙井等遗迹，尤其是乌龙井，据说与东海相通。李公麟（1049～1106）：北宋著名画家。字伯时，号龙眠居士。好古博学，长于诗，精鉴别，尤以画著名，凡人物、释道、鞍马、山水、花鸟，无所不精，被推为"宋画第一人"。邓椿《画继》："吴道玄画今古一人而已，以予观之，伯时既出，道玄讵容独步。"

② 钟王：著名书法家钟繇和王羲之。

③ 洋洋：盛大貌。《史记·孔子世家》载，孔子临河而叹曰："美哉水，洋洋乎！丘之不济此，命也夫！"苏轼《卓锡泉铭》："辩来四年，泉水洋洋。烹煮濯溉，饮及牛羊。"

章舒兄喜游泳，戏作此

（2018 年 6 月 18 日）

不择江海与沟渠，

浪里俨然拟太虚①。

濠上真人今是我②，

知君游乐如倏鱼③。

---

① 太虚：一指空寂玄奥之境。《庄子·知北游》："是以不过乎昆仑，不游乎太虚。"二指宇宙。唐陆龟蒙《江湖散人传》："天地大者也，在太虚中一物耳。"

② 濠上真人：庄子。《庄子·秋水》："庄子与惠子游于濠梁之上。庄子曰：'倏鱼出游从容，是鱼之乐也'。惠子曰：'子非鱼，安知鱼之乐？'庄子曰：'子非我，安知我不知鱼之乐？'惠子曰：'我非子，固不知子矣；子固非鱼也，子之不知鱼之乐全矣！'庄子曰：'请循其本。子曰'汝安知鱼乐'云者，既已知吾知之而问我。我知之濠上也。'"

③ 倏鱼：一种白色的小鱼。

访周瑜城遗迹[1]

（2018 年 6 月 29 日）

三分系一战[2]，

雄略接云汉[3]。

今日忆周郎，

徒增广武叹[4]。

---

① 周瑜（175～210）：字公瑾，是我国古代著名的战略家，三国时东吴名将。周瑜城位于舒城县城西南 10 公里处。

② 建安十三年（208 年）曹操统领 83 万人马南下灭吴。孙权君臣上下皆惧，降战不一，唯独周瑜力主抗曹。于是孙权、刘备联军在长江赤壁一带与曹军决战，大破曹军。这是中国历史上以少胜多、以弱胜强的著名战役之一，奠定了三国鼎立的基础。

③ 孙权称赞周瑜说："公瑾文武筹略，万人之英"，且"有王佐之资"。

④ 《晋书·阮籍传》："（籍）尝登广武（今河南省荥阳市东北），观楚汉战处，叹曰：'时无英雄，使竖子成名。'"

国侠喜餐花

（2018年7月2日）

牡丹开处人如山，

微雨轻云五月天[1]。

只恐春深花老去，

分君一朵待酥煎[2]。

① 释仲殊《花品序》："越中牡丹开时，多有轻云微雨，谓之养花天。"

② 《苕溪渔隐丛话》后集卷二三引《复斋漫录》："孟蜀时，兵部尚书李昊每将牡丹花数枝分遗朋友，以牛酥同赠，且曰：'俟花凋谢，即以酥煎食之，无弃秾艳。'其风流贵重如此。"

孤山问

（2018 年 7 月 9 日）

疏影横斜三百株[①]，

暗香飘处是平湖[②]。

种梅自有林居士，

试问孤山孤不孤？

---

① 林逋一生从未做官，过着清静淡泊的隐居生活。他特别喜爱梅花，几十年在杭州孤山种梅养鹤，有“梅妻鹤子”之称。据说林氏种梅三百余株，梅子成熟时将每棵树上的梅子放入一个瓦罐中，每天卖一罐作为当日的生活费用。

② 林和靖《山园小梅》诗中“疏影横斜水清浅，暗香浮动月黄昏”一联，被誉为千古咏梅绝唱。

读《陶靖节传》[1]

（2018 年 7 月 12 日）

琴瑟无弦生妙有[2]，

何劳陶令扶犁手[3]！

归来莫怪总醺醺，

头上葛巾曾漉酒[4]。

---

① 陶渊明：字元亮，又名潜，私谥“靖节”，世称“靖节先生”，浔阳柴桑（今江西省九江市）人。东晋末至南朝宋初时期著名诗人、辞赋家。曾任江州祭酒、建威参军、镇军参军、彭泽县令等职。出任彭泽县令八十多天后便弃职而去，从此归隐田园，成为中国第一位田园诗人。

② 南朝梁萧统《陶靖节传》：“渊明不解音律，而蓄无弦琴一张，每酒适，辄抚弄以寄其意。”

③ 扶犁手：农夫，有躬耕之意。辛弃疾《鹧鸪天》称归隐后的陶渊明：“晚岁躬耕不怨贫，只鸡斗酒聚比邻。”苏轼《元祐三年春贴子词 · 太皇太后阁》：“尽驱南亩扶犁手，稍发中都朽贯钱。”

④ 史载，陶渊明好酒，时常用头巾滤酒，滤后又照旧戴上，可见其真率超脱。“漉”意为过滤。

香河万亩荷塘[①]

（2018 年 7 月 12 日）

接天盖地气尤佳，

园柳池塘似永嘉。

九圣寺前世外路，

薰风吹自白莲花[②]。

① 香河万亩荷塘景区位于河北省香河县城东南部庆功台村，为省级湿地公园、国家级湿地公园试点。

② 莲花为佛教的象征，白莲花在莲花中品级最高。

读石涛、八大画册

（2018年7月22日）

从容游乐如鲦鱼①，
一亩宫中任起居②。
禅榻时怀小乘客③，
丹青偶拟个山驴④。

---

① 鲦鱼：一种白色的小鱼。《庄子·秋水》："庄子与惠子游于濠梁之上。庄子曰：'鲦鱼出游从容，是鱼之乐也。'"

② 《礼记·儒行》："儒有一亩之宫，环堵之室，筚门圭窬，蓬户瓮牖。"后因此以"一亩宫"称寒士的简陋居处。

③ 石涛题画时常自称"小乘客"。

④ 八大山人亦号"个山驴"。

玉　兔

（2018 年 7 月 30 日）

扑朔迷离问未曾①，

广寒宫里伴婵娟②。

桂花树下长生药③，

玉杵爰爰初捣成④。

---

① 古乐府《木兰辞》：“雄兔脚扑朔，雌兔眼迷离。两兔傍地走，安能辨我是雄雌。”“扑朔”指雄兔，“迷离”指雌兔。问未曾：未曾考究月中的玉兔是雌是雄。

② 伴婵娟：与嫦娥为伴。

③ 相传月亮上广寒宫前有一棵五百多丈高的桂树，下边有一个叫吴刚的人受天帝惩罚在此砍树，每次砍下去之后，被砍的地方又立即合拢了。据说吴刚是汉朝人，自此人们便把桂花与月亮联系起来，编织了吴刚伐桂等美丽传说，月亮也被称作“桂宫”“桂魄”。玉兔捣药故事载于汉乐府《董逃行》。相传月亮上有一只浑身洁白的玉兔，拿着玉杵跪地捣药，服用此药即可长生成仙。

④ 爰爰：舒缓的样子。《诗·王风·兔爰》：“有兔爰爰，雉离于罗。”

陈虹戈女士邀吃菌子

（2018年8月2日）

饱食山珍不论斤[①]，

高汤沸煮半煎烹。

即从舌上试分辨，

应是松茸见手青[②]。

① 食：读 sì，拿东西给人吃。

② 松茸、见手青：皆是上等的菌子。

观看彝族火把节

(2018 年 8 月 7 日)

五行唯火曰炎上①，

钻木取之岂天降②！

六祖山头烈焰飞③，

万人联袂踏歌唱④。

---

① 《尚书 · 洪范》："水曰润下，火曰炎上，木曰曲直，金曰从革，土爰稼穑。"

② 《韩非子 · 五蠹》记载："上古之世，人民少而禽兽众，人民不胜禽兽虫蛇……民食果蓏蚌蛤，腥臊恶臭而伤害腹胃，民多疾病。有圣人作，钻燧取火，以化腥臊，而民说之，使王天下，号之曰燧人氏。"然而，在希腊神话中，据称火是由普罗米修斯从天上盗来的。相对来说，中国人的火是人自己劳动创造的，而西方人的火是上帝赐予的。

③ 六祖山：云南昭通市的六祖文化广场。这里是彝族的发祥地，建有彝人始祖像。

④ 联袂：亦作"连袂"，意为手拉着手。晋葛洪《抱朴子 · 疾谬》："携手连袂，以遨以集。"

八月八日再访大山包[1]

（2018年8月8日）

一年两到大山包，

芳草萋萋野花娇。

最爱断崖放眼眺，

飞云胜过浙江潮。

① 大山包：位于云南省昭通市西部，距城区79公里，海拔3100—3140米，年平均气温6.2℃。这里有清清的湖水，广袤的草地，雄伟的峡谷，被称为“中国黑颈鹤之乡”“国际重要湿地”“翼装飞行亚洲唯一训练基地”等称号。去年年底本人在陈虹戈女士等好友陪同下初访大山包，今天又携妻女故地重游。

滇池漫步

（2018年8月11日）

奔来眼底何茫茫①，
夜半美人睡正香②。
月黑待得曲散后，
独凭法眼看湖光③。

---

① 昆明大观楼长联："五百里滇池，奔来眼底。披襟岸帻，喜茫茫空阔无边！"

② 远眺昆明西山群峰，峰峦起伏，林木苍翠，既像一尊庞大的睡佛，又似一个仰卧的少女，故称"卧佛山"，又称"睡美人"。

③ 苏东坡《夜泛西湖》五绝之四："渐见明灯出远寺，更待月黑看湖光。"谭元春云："月黑看湖光，才是看西湖法眼。……夫黑中光事，真湖光也。"（明刻《东坡诗集》卷二）

西双版纳傣族园观泼水表演

（2018 年 8 月 12 日）

当头忽见雨倾盆，

休问熟人与路人。

日日皆逢泼水日，

谁能到此不湿身。

八月十三日宿澜沧江畔[①]

（2018 年 8 月 14 日）

秋树连天碧，
岭云接地阴[②]。
大江从此去，
万里赴南冥[③]。

---

① 澜沧江：湄公河上游在中国境内河段的名称，是世界第七长河，亚洲第三长河，东南亚第一长河。澜沧江源出青海省玉树藏族自治州杂多县西北，主干流总长度 4909 千米，其在中国境内长 2139 千米。澜沧江流经青海、西藏和云南三省，在云南省西双版纳傣族自治州勐腊县出境，再流经老挝、缅甸、泰国、柬埔寨和越南，于越南胡志明市流入中国南海。

② 杜甫《秋兴八首》（其一）：“江间波浪兼天涌，塞上风云接地阴。”

③ 南冥：《庄子·逍遥游》载，“南冥者，天池也。”南冥：南边的大海。“冥”亦作“溟”，意为大海。

由版纳回到滇高，见园中桂花盛开

（2018年8月15日）

归来花气满湖山，
疑是蟾宫别有天[①]。
几处蛙声听夜永，
寻香直入如来禅[②]。

---

① 月宫：又称广寒宫，为嫦娥的居所，因有一只三足蟾，故又名“蟾宫”。传说月宫里有一棵高达五百丈的月桂。

② 直入：顿悟。宋释印肃：“一超直入如来地”。如来禅：经教里如来所说的禅法名如来禅。昔日灵山会上佛祖拈花，迦叶微笑，便把正法眼藏、涅槃妙心传承下来。

月圆之夜，漫步于西山北麓

（2018 年 8 月 27 日）

年来随处学安禅[①]，
无事于心心自闲[②]。
不负西山好月色，
迎风策杖白云边。

① 安禅：坐禅、行禅。

② 《德山宣鉴录》："汝但无事于心，无心于事，则虚而灵，空而妙。"

散步途中，见云驶月运

（2018 年 8 月 30 日）

难得云月相温存，

且喜光华卓不群[①]。

休问山中何所有[②]，

松风可作古琴听[③]。

---

① 卓：高远、遥远、高明。《后汉书 · 祭遵传》：“卓如日月。”不群：不同寻常。

② 陶弘景《诏问山中何所有赋诗以答》：“山中何所有，岭上多白云。只可自怡悦，不堪持赠君。”

③ 松风：一指松林之风，一指古琴曲《风入松》。

题文芳兄诗作

（2018 年 9 月 6 日）

口业犹存诗未抛[①]，
心思已付管城毫[②]。
行间但见添花锦，
字里谁知切玉刀[③]。

① 白居易《寄题庐山旧草堂，兼呈二林寺道侣》："渐伏酒魔休放醉，犹残口业未抛诗。"

② 管城毫：管城颖，指毛笔。苏轼《和黄秀才鉴空阁》："借君方诸泪，一沐管城颖。"

③ 元好问《赠嵩山隽侍者学诗》："诗为禅客添花锦，禅是诗家切玉刀。"

题老梅

（2018 年 9 月 17 日）

老梅浑似枯木禅，
料是苦修彻骨寒。
铁干数枝超象外，
心香一缕绕笔端。

抒 怀

（2018 年 9 月 20 日）

亡羊歧路终难寻，
学者多方易丧生①。
今日觅得好去处，
砚田半尺自躬耕。

① 《列子 · 说符》：杨子之邻人亡羊，率多人追之。杨子曰："何追者之众？"邻人曰："多歧路。"后终无所获。杨子问其故，曰："歧路之中又有歧焉。"心都曰："大道以多歧亡羊，学者以多方丧生。""学者以多方丧生"即学者因各种追求而丧失了时光。

中秋夜假寐，醒后看月[①]

（2018 年 9 月 24 日）

依稀梦里蝶飞扬[②]，
似我似周两渺茫[③]。
觉后已然月映月，
一泓秋水接天长。

---

① 假寐：打盹儿，打瞌睡，或不脱衣服小睡。《左传·宣公二年》："（赵宣子）盛服将朝，尚早，坐而假寐。"

② 《庄子·齐物论》："昔者庄周梦为蝴蝶，栩栩然蝴蝶也，自喻适志与！不知周也。俄然觉，则蘧蘧然周也。不知周之梦为蝴蝶与？蝴蝶之梦为周与？周与蝴蝶则必有分矣。此之谓物化。"

③ 渺茫：时地远隔，模糊不清。韦庄《送日本国僧敬龙归》："扶桑已在渺茫中，家在扶桑东更东。"

秋日登高

（2018年9月29日）

横海自知非巨鲸[①]，
跋山何患时阴晴[②]。
不贪五斗彭泽米[③]，
愿长一身野鹤翎[④]。
间想濠濮亲鸟兽[⑤]，
懒分晦朔短秋春[⑥]。
归来竹下开三径，
期与求羊作弟昆[⑦]。

---

① 横海：横行海上。晋木华《海赋》："鱼则横海之鲸，突扤孤游。"

② 苏轼《定风波》："回首向来萧瑟处，归去，也无风雨也无晴。"

③ 彭泽米：指俸禄。见《晋书·陶潜传》。

④ 愿长一身野鹤翎：想成为闲云野鹤。

⑤ 《庄子》记庄子与惠子同游濠梁之上和庄子垂钓濮水之事，后以"濠濮间想"指逍遥闲居、清淡无为。《世说新语·言语》："简文帝入华林园，顾谓左右曰：'会心处不必在远，翳然林木，便自有濠、濮间想也，觉鸟兽禽鱼自来亲人。'"

⑥ 《庄子·逍遥游》："朝菌不知晦朔，蟪蛄不知春秋。"松案：站在禅的无分别立场来看，"万古长空"即"一朝风月"，时间的长短、知不知晦朔春秋并不重要。

⑦ 东汉赵岐《三辅决录·逃名》："蒋诩归乡里，荆棘塞门，舍中有三径，不出，唯求仲、羊仲从之游。"

西山蛰居

（2018 年 9 月 30 日）

心怜鹤怨晓猿惊[1]，

一入西山耳目新。

自种园蔬堪果腹，

大嚼快意胜屠门[2]。

---

① 孔稚珪《北山移文》讽刺假隐士贪图官禄、变志易节之丑态。文章称隐士离山之后，“蕙帐空兮夜鹤怨，山人去兮晓猿惊。”

② 曹丕《与吴质书》：“过屠门而大嚼，虽不得肉，贵且快意。”余于此反其意而用之。

秋日偶得

（2018 年 10 月 9 日）

飞鸟入云迹不存[①]，

羚羊挂角真修行[②]。

已将绘事等禅定，

淡墨轻毫绝滓尘。

---

① 《禅林名句》："鸟入云无迹，鱼行水自流。"

② 羚羊挂角：羚羊夜宿，挂角于树，脚不着地，以避祸害。此语一般用来比喻诗的意境超脱，也被用来比喻禅宗的修行。严羽《沧浪诗话·诗辨》："盛唐诸人唯在兴趣，羚羊挂角，无迹可求。"宋释道原《景德传灯录》卷十六载义存禅师示众语："我若东道西道，汝则寻言逐句；我若羚羊挂角，你向什么处扪摸？"

访华盖山白云寺，寄家富仁兄

（2018 年 10 月 20 日）

松风一路马奔腾[①]，
遥看寒乌不日黔。
深秀溪山君自乐[②]，
崎岖世道我独行。
石中取火思禅客[③]，
忙里偷闲访野僧[④]。
回首三川谁是主[⑤]，
白云寺古竹青青[⑥]。

① 《庄子·天运》："夫鹄不日浴而白，乌不日黔而黑。" 意即天鹅并不天天沐浴而羽毛洁白，乌鸦并不天天暴晒而羽毛乌黑。万物皆出自本性，不能强行改变。

② 《论语·雍也》："子曰：'知者乐水，仁者乐山。'"

③ 虚云老和尚说："修行如石中取火。"

④ 野僧：山野僧人。

⑤ 白居易《春尽日天津桥醉吟偶呈李尹侍郎》："三川徒有主，风景属闲人。"

⑥ 《大珠慧海禅师语录》："青青翠竹，尽是法身。郁郁黄花，无非般若。"

万佛湖畔作

（2018 年 10 月 21 日）

万佛湖畔时行吟，
偶尔一濯沧浪缨[①]。
水似禅心禅似水，
微风吹处见龙鳞[②]。

---

① 《沧浪歌》：“沧浪之水清兮，可以濯吾缨；沧浪之水浊兮，可以濯吾足。”

② 龙鳞：水波纹。庄禅崇尚自然，主张“日日是好日，风来树点头”，就像水面，微风吹处便荡起波纹。

自　遣

（2018 年 11 月 1 日）

六凿尽去任天游[①]。

一叶身如不系舟。

莫道王城无去处，

人藏人海自风流。

① 《庄子·外物》："心无天游，则六凿相攘。"凿：孔也。

十一月二日游赞园[①]

（2018年11月2日）

摄受折伏当并行[②]，

此说源自两足尊[③]。

杀贼不碍学佛法，

上马即为下马人[④]。

---

① 赞园：位于江阴市贯庄村，分巨赞法师纪念堂、巨赞故居和巨赞园三个部分。

② 摄受、折伏：佛学术语，略称摄折，意为摄取纳受、折伏摧破，是佛教教导众生的两种方法。换言之，摄受是和平的方法，折伏则为强硬的手段。

③ 两足：明足、行足，为佛的十大名号之一。

④ 抗战期间，巨赞法师奔走于福建、香港、广东、湖南等地，组织佛教徒参加抗日救国活动，周恩来曾亲笔题写“上马杀贼，下马学佛”一语赠之。

过镇江

（2018 年 11 月 3 日）

佳山胜水我重游，
直欲乘桴学孔丘①。
岂畏浊波摧砥柱②，
敢携强弩射潮头③。
期同海若论牛马④，
不与河伯辨马牛⑤。
日暮西风吹酒醒，
此身已在百花洲⑥。

---

① 《论语·公冶长》："子曰：'道不行，乘桴浮于海，从我者其由欤？'"

② 镇江焦山有中流砥柱之称。

③ 孙光宪《北梦琐言》记载，吴越王钱镠建捍海塘，为怒潮所阻，遂造三千劲箭，于叠雪楼命水犀军驾五百强弩，猛射潮头，迫使潮水向西陵而去，终于建成捍海塘。众所周知，1842 年英军发动扬子江战役，英舰侵入长江，受到镇江焦山炮台守军英勇抵抗和沉重打击。镇江军民抗击侵略者的英勇气概堪与吴越王敢射潮头的精神相媲美。

④ 庄子《秋水》："北海若曰：'牛马四足，是谓天；落马首，穿牛鼻，是谓人。'故曰：'无以人灭天，无以故灭命，无以得殉名。谨守而勿失，是谓反其真。'"北海若论牛马意为强调对事物本性的尊重。

⑤ 庄子《秋水》："秋水时至，百川灌河，泾流之大，两涘渚崖之间不辨牛马。于是焉河伯欣然自喜，以天下之美为尽在己。"河伯之不辨马牛意为寡陋之人的沾沾自喜。

⑥ 百花洲：位于镇江市金山塔影湖畔。

再游扬州

（2018 年 11 月 4 日）

看罢何园看个园[①]，
扬州何处不流连。
动人最是西湖瘦[②]，
飞燕玉环各万千[③]。

---

① 何园：坐落于扬州徐凝门街，为“晚清第一园”，由清光绪年间何芷所造。个园位于扬州东关街，由清嘉庆、道光年间两淮盐总黄至筠在明代寿芝园旧址上兴建。

② 瘦西湖：在扬州市北郊，清代康乾时期即已形成基本格局，有“园林之盛，甲于天下”之誉。

③ 飞燕：赵飞燕，汉成帝皇后。玉环即杨玉环。两位美女的特点被概括为“环肥燕瘦”。万千：仪态万千。

车过南京，忆六朝旧事

（2018年11月4日）

碧玉壶中天地广①，

任由东海三沧桑②。

等闲莫看六朝史，

尽是匆匆异姓王。

① 《后汉书·方术传下·费长房》载：长房为市掾，见一老翁卖药，悬一壶于肆头。市罢，即跳入壶中。长房因诣翁，翁与俱入壶中，见玉堂庄严华丽，美酒佳肴充盈其中，相与饮毕而出。后以“碧玉壶”指仙境。苏轼《刁景纯席上和谢生》：“误入仙人碧玉壶，一欢那复问亲疏。”

② 晋葛洪《神仙传·麻姑》：“麻姑自说云：‘接待以来，已见东海三为桑田。’”

示月舟

（2018年11月8日）

人云我何必云云，
独往不随脚后尘。
漫道六经出孔子[①]，
敢将一己作乾坤。

① 六经：《诗》《书》《礼》《易》《乐》《春秋》等六部儒家经典，都是经过孔子整理而传授的先秦古籍。

香山赏秋

（2018 年 11 月 9 日）

四方亭外人声远[1]，

三炷香前鸟迹高[2]。

秋意浓时景更好，

满山尽裹大红袍。

① 香山道中有亭无名，亭为四方形，姑名之为“四方亭”。

② 香山主峰名“三炷香”。

读毛泽东《沁园春·雪》

（2018 年 11 月 11 日）

清凉世界绝烟尘，

素裹银装即法身[①]。

雪地犹驰千雪象[②]，

冰天空挂一冰轮[③]。

风流人物垂垂老，

适我江山渐渐新[④]。

何日凭君抬望眼[⑤]，

长城内外看长城。

---

① 苏东坡《赠东林总长老》："溪声便是广长舌，山色岂非清净身。""清净身"即"法身"。

② 毛泽东《沁园春·雪》："山舞银蛇，原驰蜡象，欲与天公试比高。"

③ 冰轮：月亮的别称。

④ 王羲之《兰亭诗》："群籁虽参差，适我无非新。"

⑤ 凭君：请君。

锡林教国侠以指梳头，久之白发可以变黑

（2018 年 11 月 12 日）

不教丝丝两鬓斑，

且驱十指挠云鬟[①]。

山人偷炼驻颜术[②]，

已废炉中九转丹[③]。

---

① 云鬟：指高耸的环形发髻。清闰燮《贺新郎·赠王一姐》：“竹马相过日，还记汝云鬟覆颈，胭脂点额。”

② 驻颜：使容颜不老。葛洪《神仙传·刘根》：“草木诸药，能治百病，补虚驻颜，断谷益气。”驻颜术是道家保持青春的内丹功法。

③ 九转丹：道家炼丹，以九转为贵。“转”意为循环变化。葛洪《抱朴子·金丹》：“九转之丹，服之三日得仙。”

与诸君同饮禅意书画茶

（2018 年 11 月 15 日）

赵州茶里洗心去[①]，
禅意画中养性来[②]。
七碗清风同自在[③]，
茗香墨韵共徘徊。

---

① 《五灯会元》载，唐赵州禅师（从谂）问新到的和尚："曾到此间?"和尚说："曾到。"赵州说："吃茶去。"又问另一个和尚，和尚说："不曾到。"赵州说："吃茶去。"院主听到后问："为甚曾到也云吃茶去，不曾到也云吃茶去?"赵州呼院主，院主应诺。赵州说："吃茶去。"

② 禅意画：直呈心性的绘画。

③ 唐代诗人卢仝《七碗茶》："一碗润喉吻，二碗破孤闷……七碗吃不得也，唯觉两腋习习清风生。"

国侠生日作，二首

（2018 年 11 月 17 日）

一

非唯举案齐双眉，
肯戴荆钗裹布衣。
除却世间奇女子，
谁堪配做梁鸿妻[①]。

---

① 据范晔《后汉书·逸民列传》记载，东汉隐士梁鸿字伯鸾，扶风平陵人。娶同县女孟光，貌丑而贤，共入霸陵山中，荆钗布裙，以耕织为业，咏诗书弹琴自娱。后至吴，依大家皋伯通，居庑下，为人赁舂。每归，妻为具食，不敢于鸿前仰视，举案齐眉。

二

大隐壶中日月长，

醉吟可比次公狂[①]。

模山范水谁同乐[②]，

我有荆钗如孟光[③]。

---

① 《汉书·盖宽饶传》载，汉盖宽饶，字次公。为官廉正不阿，刺举无所回避。平恩侯许伯治第新成，权贵均往贺，宽饶不行，请而后往，自尊无所屈。许伯亲为酌酒，宽饶曰："无多酌我，我乃酒狂。"丞相魏侯笑道："次公醒而狂，何必酒也？"

② 模山范水：意为用文字或图画描绘山水景物。

③ 荆钗：荆枝制作的髻钗，为古代贫家妇女常用之物。唐李山甫《贫女》："平生不识绣衣裳，闲把荆钗亦自伤。"借指贫家妇女。

后　记

我和诗歌的相识是在大学时期。那时改革开放不久，年轻人洋溢着朝气和激情，对未来怀有憧憬和希望，因而是一个充满诗意的年代。四年本科虽然学的是外语，但我着实购买并阅读了各种诗集，有古代格律体，有现代自由体，有中国的，也有外国的。离校时我的绝大部分家当就是这些书刊。我上的是军校，毕业后只有少数人能分到大城市，大部分人都会被分配到边疆或是深山隐蔽的地方工作。当同学们都在为理想的去处汲汲奔走的时候，领导问我的想法，我回答说去哪儿都成。果然我被分配到边陲之地云南。那时的云南在我的心目中就是天涯海角，记得从老家出发，要倒很多次车，倒车买票一等就是一两天，这样单程就要一个多星期。我当时说去哪儿都成，其实潜意识里是在想，即使分到像云南这样的边防前线，很可能更有利于自己从事诗歌创作，所以心中是暗暗窃喜的。

到云南后不久便赶上中越自卫还击战，因主战场在老山和者阴山而得名两山作战。说来惭愧，本来想着为诗歌而献身，但那时阅历浅，生活体验不够，写起来总有点“为赋新诗强说愁”的感觉，再加上战事紧张，诗歌便被冷落在一边，带在身边成箱的诗集也逐渐不知去向。大概是因为动极思静的缘故，

1985年战事稍缓，我便争取到一次难得的机会，考到北京大学攻读硕士学位研究生，接着又到中国社会科学院研究生院和日本东方学院读博士，鬼使神差地走上了佛学研究的道路，而初恋的诗歌女神仍然被冷落在一边，直到三四年前旧情复燃，其间已经度过了三十几个春秋。古人说“三十年河东，三十年河西”，我和诗歌也真是此一时也彼一时也！

上大学时，除诗歌外还有一个爱好，就是书法。没想到这个爱好倒是一直坚持下来，后来还傍及到绘画。读研究生时，除学习佛教史和佛教哲学，我一直关注庄禅思想对书画艺术的影响，搜集了不少这方面的资料。近些年在佛教史之外我给博士生和博士后开设了“禅意书画”这一研究方向，培养了不少禅意书画专业的研究生，他们都已经成为很多高校的骨干。某种意义上讲，这也是歪打正着吧！中国古代艺术史上有个奇特的现象，那就是诗书画不分家。苏东坡不是说王维的诗好吗，好就好在诗中有画；又说他的画也很好，好就好在画中有诗。的确，我们拿古代的诗论来看画或书法是完全行得通的，反之拿画论、书论来讨论诗也照样可以。

诗书画本来分属于不同的领域，为何如此如胶似漆地联系在一起呢？其中原因很多，但我想一个最重要的原因是禅学思想为这三门艺术提供了共同的审美境界。大家知道禅宗的旗号是“以心为本”“心即是佛”，作为人和世界本体的“心”也称作“佛性”“如来藏”“真如”“觉”，其功能为“智”和“知”。这种“心”本体影响到了艺术，转化成艺术本体，即文艺上所说的“性灵”“灵性”“灵感”“悟性”。由此艺术的追求便如同禅行，都是内向的，整个大千世界都成为自我意识和情感的综合表露。

诗书画的一体不二本来是个很好的优良传统，可惜在当下的书画界已经是不绝如缕。画画的人耐不住性子练书法，也不愿意多读点文史哲方面的书，当然谈不上传统文人画所强调的援书法入画，更谈不上自己作诗，熔诗画为一炉。所以作品中很难看到高质量的笔法和墨法，很难做到有笔有墨，更难看到玄远的意境。我这几年既然将精力转到禅意书画的研究和创作上，便以身试法，尝试着将诗书画一体不二的“香火”延续下来，于是便有了三十年后的旧情复燃。而且，在最近的三年时间里，竟然写了三百多首，算是聚沙成塔，集腋成裘吧。

当然这还只是外因。我和诗歌的重逢，其间少不了禅这个媒介，这些年禅的默默浸润才是真正的内因。禅和诗的关系，元好问曾经做过很好的总结：“诗为禅客添花锦，禅是诗家切玉刀。”诗的语言简练优美，用诗的语言来说禅当然是锦上添花；而禅则让诗人多了一只慧眼，能看到事物的实相，能够透过表象入木三分，从而诗才有了隽永的意境。王渔洋在《带经堂诗话》中说：“舍筏登岸，禅家以为悟境，诗家以为化境。”禅的“悟境”就是诗的“化境”，正是在这种境界上，“诗禅一致，等无差别”。

禅由禅定之禅发展到禅宗之禅，一个显著的变化是禅修范围的扩大。禅被泛化到一切对象，贯彻到一切生活之中。如行坐住卧，举手投足，瞬目转睛，乃至一花一草、一砖一石，甚至大到治国平天下，都被赋予了禅的意义，都被升华为一种人生体验和主观意境。禅的生活化必然带来生活的禅化，永嘉玄觉禅师就说：“行亦禅，坐亦禅，语默动静体安然。”古德还说：

“青青翠竹，尽是法身。郁郁黄花，无非般若。”的确，用禅的慧眼来看待生活，诗情画意俯拾皆是；也正是禅的泛化，才使得山水花鸟乃至我们日常生活的点点滴滴获得了形而上的意义，从而正式走进诗歌、绘画的艺术殿堂。

我从小生活在农村，至今还喜欢半耕半读。前年回老家过年途经济南舜耕山庄时，我向相识多年的老朋友表达了这种心情：“相逢历下二十秋，共看湖山出细流。尧日舜天君记否，晴时耕种雨读书。”这些年我在自家的园子里开垦了一片菜地，从春到秋要种二三十种果蔬。有一次看到新种的瓠子长出了青藤，喜不自胜，情不自禁地想起庄子劝惠子用所种的“五石瓠”遨游大江大海的故事，吟道：“又见园中蔬，青藤绕旧庐。安得五石瓠，日夜浮江湖。”记得有一年春天从安徽老家带了不少兰花回京，当我将之栽入盆中之时，诗便从指尖滑落到地上：“陶盆瓦罐聊作田，留取春光十指尖。日嗅清香三万缕，兰花如我我如兰。”

现代文明的发展有一个明显的偏颇，就是过多地引导人们向外追求，离自己的精神家园越来越远。心理失衡，精神抑郁已是普遍现象。唐代有位比丘尼的悟道偈道出了原因所在：“尽日寻春不见春，芒鞋踏破陇头云。归来偶捻梅花嗅，春在枝头已十分。”“归来”就是回归内心世界，凝视自己的灵魂，那里才是本地风光。

本集收录的三百首小诗，就是在“归来”的路上随手采撷的花朵。让我无限欣慰的是，当我行走在“归来”的路上，时时都能碰到不期而遇的好友，如赵志林先生、王家富先生、焦家良先生、汪照亮先生、陈虹戈女士、郭恒华女士、王学杰先生、汪卫东先生、何建武先生、章舒先生、张苏先生等等。诗集付梓之际，好友高建平先生拨冗为之作序，陈平教授也欣然题签，使这些朴实无华的花朵平添了几分姿色。当然，在这条心灵的旅途上还有我的妻子和女儿，她们是我不离不弃的旅友。早期佛教视家庭为羁绊，修道就必须出家，而我却不以为然，因为在我的家中，妻子和女儿毋宁说是同修，是同道中人。前几日女儿在院子里种的百合花开了，邀我一同欣赏，并要我赋诗留念。记得那天正下着小雨，百合花掩映在薄薄的雾霭中，绰约多姿。我当时有点感冒，正随手翻着《维摩诘经》，于是便以维摩诘自居，顺口吟道：

无病缘何示有病？忘家所以懒出家。
维摩老去犹潇洒，雨里来瞧雾里花。

希望日后能在“归来”的路上摘取更多的花朵与大家分享！

何劲松

2019年9月5日于游心斋

责任编辑：韦玉莲
封面设计：林芝玉

图书在版编目（CIP）数据

归来诗草 / 何劲松著．—北京：东方出版社，2019.10
ISBN 978-7-5207-1173-9

Ⅰ．①归…　Ⅱ．①何…　Ⅲ．①格律诗—诗集—中国—当代
Ⅳ．①I227.7

中国版本图书馆 CIP 数据核字（2019）第 187085 号

归来诗草
GUILAI SHICAO
何劲松 著

东方出版社 出版发行
（100028　北京市朝阳区西坝河北里 51 号）

北京汇林印务有限公司印刷　新华书店经销

2019 年 10 月第 1 版　2019 年 10 月北京第 1 次印刷
开本：880 毫米×1230 毫米 1/32　印张：10　插页：4 页
字数：110 千字

ISBN 978-7-5207-1173-9　定价：40.00 元

邮购地址　100706　北京市东城区隆福寺街 99 号
人民东方图书销售中心　电话：（010）65250042　65289539